# Le vol masqué

Avec une très forte fièvre, un mal de tête lancinant et une toux sèche, Augustin a été admis immédiatement à l'hôpital Archet à Nice il y a trois jours.

Arrivé en ambulance au service d'infectiologie, il est passé par le circuit dédié, séparé des autres patients, pour les cas suspects au Coronavirus. Ce service, qui s'occupe de toutes sortes d'épidémies (Ebola, Dengue, Chikungunya grippe H1N1...), est débordé aujourd'hui par l'afflux des patients atteints du Covid-19, le Coronavirus.

Quelques jours auparavant Augustin avait ressenti des courbatures. Il ne s'était pas inquiété, car depuis deux ans qu'il était à la retraite, il courait plusieurs fois par semaine pour s'entretenir. Un peu plus grand que la moyenne, se trouvant encore un homme présentable, ne faisant pas son âge, il essayait de garder la silhouette de ses vingt ans. Depuis le confinement, il n'avait fait que fait du vélo d'appartement sur le balcon de la chambre. La dernière semaine de confinement, n'y tenant plus, il avait changé son ancien parcours de course à pied, aujourd'hui interdit, pour un autre, malheureusement beaucoup plus rude. Comme il était donc défendu de dépasser le rayon de 1 km autour de chez soi (à vol d'oiseau), il s'était concocté un circuit de quatre boucles à parachever en moins d'une heure, mais qui comportait trois quarts d'heure de montée. Habitant sur les hauteurs de l'arrière-pays niçois, il n'avait pas le choix : il n'y a pas 50 mètres de plat autour de chez lui.

Il ne s'était pas alarmé dès les premières courbatures aux mollets, au dos et aux épaules, certain qu'elles étaient dues aux montées et aux descentes abruptes du nouveau circuit. Les trois jours suivants, la fatigue et les crampes n'avaient pas disparu et tout s'était accéléré. Il avait commencé d'abord à s'inquiéter quand il avait trouvé que les pâtes à l'arrabbiata, le soir, avaient un drôle goût de carton. Au milieu de la nuit, il s'était mis à transpirer énormément, il s'était vu essoufflé et se sentait oppressé. Le lendemain matin, pouvant à peine tenir debout, une terrible migraine s'était ajoutée à tous ces symptômes. Il avait prévenu Marina, qui a appelé le SAMU sur le champ.

– Cela fait combien de temps qu'il est là, deux jours ? demande le médecin.

– Trois jours, il est arrivé mardi dans le centre de réanimation, répond l'infirmière, qui vient de finir de mettre les pansements hydrocolloïdes sous les genoux d'Augustin.

– Son pronostic vital est toujours engagé, il est dans un état stationnaire vraiment sérieux, il faut le surveiller particulièrement, comme celui-ci, dit le médecin en désignant d'un geste brusque un autre lit sur sa gauche, lui, son cas s'est aggravé depuis hier.

# PREMIÈRE PARTIE

# II

## Quatre mois auparavant…

Lucile, une belle femme blonde, la cinquantaine, est collée contre la vitre de la porte-fenêtre du balcon. L'immeuble donne sur les pistes.

– Vous avez vu cette neige ?… Et il neige encore !

– Moi, je vais skier cet après-midi, mais pas ce matin, la visibilité est nulle ! dit Laurent.

– J'y vais quand même ! s'exclame Augustin. Toutes les pistes ne sont pas encore damées et il y a de la fraîche à faire !

– Il a neigé toute la nuit, la neige sera encore bonne cet après-midi, insiste Laurent.

– Ouais, mais presque toutes les pistes seront damées ou raclées par les surfeurs, maronne Augustin, je pars bientôt…

– T'attends pas Jean-Yves ? demande Laurent.

– Et moi non plus ? dit Lucile.

– Si, si… apaise Augustin, il est levé Jean-Yves ?

– Oui, il est en train de prendre sa douche… précise Laurent.

— Moi, je suis prête dans dix minutes, si tu veux ! dit Lucile.

— Oh... on peut partir à dix heures, comme d'habitude, mais je skie ce matin ! répète Augustin.

Jean-Yves, un homme athlétique, la soixantaine, cheveux courts, en survêtement, entre en lançant un bonjour à la ronde, tout en se dirigeant vers le frigidaire de la cuisine ouverte sur le séjour. Les quatre amis ont loué un appartement, une semaine avant Noël, pour éviter la cohue des fêtes de fin d'année. Tous sont de bons skieurs et se retrouvent ensemble une semaine depuis six ans dans le même chalet, administré par Pierre et Vacances, pour profiter du domaine de Vars pendant cette période. Marina, la femme d'Augustin, ne vient plus à Vars depuis quatre ans, car elle s'est massacré le genou gauche dans une spectaculaire chute de ski sur une piste noire totalement verglacée.

— À midi on revient ici manger ? demande Lucile. Car je ne pense pas qu'on pourra aller jusqu'à Risoul... avec ce temps...

— C'est certain, le Col-Sans-Nom sera fermé... je prépare des pâtes à la carbonara pour midi, propose Laurent, et je repars avec vous cet aprèm, il y aura encore de la poudreuse, c'est certain !

— Cool ! s'écrie Augustin.

À la fin de la journée, le groupe est fatigué, car la virée a été éprouvante : la neige n'a pas cessé de tomber et se confondait avec le relief.

Après un petit en-cas réparateur avec café, thé, chocolat et biscuits, Laurent va dans sa chambre travailler son espagnol sur Duolingo, une application Internet. C'est une personne svelte, de type espagnol, mais il parle mieux l'anglais que la langue de Cervantès. Pendant ce temps, Jean-Yves va bouquiner dans sa chambre à lui. Augustin, vautré sur le canapé du séjour, vérifie ses messages sur son portable, en face de Lucile qui vient de recevoir un texto de sa fille Laura, provenant de Wuhan en Chinc. Elle y vit depuis deux ans avec son compagnon. Laura explique qu'il y a de mystérieuses pneumonies qui se propagent depuis quelques semaines. Elle a peur que ce soit une grippe de type H1N1, comme il y a dix ans, qui est en train de se répandre et que cette dernière soit plus virulente. Si c'est une grippe, elle donne l'impression d'être plus contagieuse : déjà une trentaine de personnes seraient infectées avec de graves problèmes respiratoires. Lucile, lisant cela, appelle directement Laura de son cellulaire.

Sa fille répond et confirme que ce ne sont pas des rumeurs et que la majorité de la population sort avec des masques.

— Il ne faut pas rester : prenez des vacances le temps que cela se calme…

— On ne peut pas partir comme ça ! Mais c'est vrai, au bureau, certains disent que les autorités prévoient peut-être d'isoler Wuhan si cela s'amplifie… répond Laura.

— Alors il faut partir avant qu'il ne soit trop tard ! S'ils parlent d'isolement, c'est qu'on ne sait sûrement pas tout !

— Oui, maman, on va essayer de s'organiser, mais je ne pense pas que ce soit si grave. Les autorités disent que la transmission entre humains est faible… Ici, à Wuhan, on est plus de dix millions d'habitants et il n'y a qu'un mort déclaré… peut-être qu'il était déjà malade.

– Non, non, il faut partir… dit Lucile, qui commence à sentir que tout n'est pas clair et que l'on essaie de minimiser le phénomène. Venez pour les fêtes, cela vous fera du bien, à toi et à Paul.

– Ce n'était pas prévu, comme tu sais, à cause du boulot, mais OK, je vais voir mon boss et aussi avec Paul… je t'appelle demain.

Augustin, qui a entendu la conversation, pense que c'est une grippe normale et que Lucile s'affole pour pas grand-chose. En France, la grippe compte des milliers de morts chaque année et cela ne fait pas la une des journaux. D'ailleurs, Augustin ne s'est pas fait vacciner cette année, tout comme les autres années. Il pense que ce n'est pas utile et que cela risque de l'affaiblir ou de le rendre malade ! Sa femme Marina, par contre, s'est fait vacciner. Elle se méfie de peur d'attraper n'importe quel virus, car, professant au centre international de Valbonne, elle rencontre énormément de personnes toute l'année : les élèves, tout le corps enseignant et les parents d'élèves.

Cet été, Augustin était allé au Japon avec Marina et il se souvient des autochtones qui étaient obnubilés par la propreté : il fallait se déchausser sans arrêt, se laver les mains continuellement, les w.c. étaient très sophistiqués pour se nettoyer, les marchands avaient continuellement des gants de protection, les poubelles étaient rares, car il ne fallait pas polluer et garder ses emballages ou ses déchets sur soi pour les jeter ensuite à l'hôtel. Fréquemment, les Japonais circulaient avec un masque, dès qu'ils avaient un rhume, pour protéger leur entourage.

– En Chine, ils se promènent avec des masques ? demande-t-il soudain à Lucile.

– Oui, souvent, le masque sert à se protéger de la pollution, mais pas que…

– Oui, j'imagine, c'est tellement pollué…

– Oh, à Paris aussi, tu sais ! Mais contrairement à ce tu penses, c'est devenu, au fil du temps, une mesure d'hygiène courante, au même titre que se laver les mains…

– Ou bien, quand tu es enrhumé ?

– Oui, bien sûr, d'ailleurs, Paul, le compagnon de ma fille, en avait un en permanence cet été quand je suis allée les voir : il avait chopé un gros rhume !

– Ce sont les mêmes masques que les chirurgiens ?

– Je ne sais pas, mais il y en a de plusieurs sortes, suivant que tu veuilles te protéger ou protéger ton voisin… plus le masque te protège, plus il est cher. Tu peux les acheter un peu partout, en pharmacie, mais surtout en ligne.

– Et en France… ça doit se vendre dans les pharmacies… et les parapharmacies.

– Oui, s'il y a une vraie épidémie ici et s'il faut s'en mettre, tout le monde va se ruer dans les pharmacies ! dit Lucile, tout à coup songeuse.

– Mais il n'y en aura sûrement pas assez pour tous !

– On n'en porte jamais, ce n'est pas du tout dans nos habitudes… eux, ils en portent à la moindre toux !

— Ouais, ici c'est surtout pour le personnel médical.

— J'espère qu'ils pourront venir… continue-t-elle à s'inquiéter.

— Ils peuvent prendre des vacances comme ça, rapidement ?

— Oui, je crois, Laura et Paul travaillent tous les deux pour PSA à Wuhan, je ne pense pas qu'ils aient un refus de la part de Peugeot.

— C'est une boîte française : ils savent ce que c'est Noël et jour de l'an !

La réflexion de Lucile concernant l'habitude, en France, de ne jamais porter de masque, taraude Augustin. « S'il fallait tous en porter, il n'y en aurait sûrement pas assez, on serait en rupture de stock ! » pense-t-il aussitôt. Toujours est-il qu'il n'a jamais vu en France quelqu'un avec un masque dans la rue, même pendant la grippe soi-disant porcine. La ministre de l'époque, Roselyne Bachelot, en avait commandé un milliard… pour qui ? C'est vrai qu'il vaut mieux trop que pas assez, mais quand même, cela avait coûté cher au contribuable. « Ils doivent en avoir finalement encore un sacré paquet en réserve ! » se dit-il.

Augustin monte dans sa chambre, s'allonge confortablement sur son lit et, avec son ordinateur portable, commence ses recherches sur le nombre de masques disponibles en France. Après quelques recherches, il s'aperçoit qu'il y en a 120 millions. Le nombre a drastiquement baissé.

Après s'être renseigné sur le personnel soignant et les hôpitaux en France, Augustin se rassure très vite, car finalement, toutes ces pandémies jusqu'à maintenant ont été maîtrisées et dans la rue personne n'a jamais eu besoin de masque. Aussi, on n'est plus à l'époque de la peste, du choléra ou de la grippe espagnole. L'Ebola a été jugulé en Afrique, la grippe aviaire n'était pas transmissible entre humains, la grippe H1N1 a été bien traitée en 2009 avec un vaccin. Et puis en France, on est sûrement mieux équipé qu'en Chine s'il y a une épidémie. De toute façon, en dehors d'une guerre chimique, on est loin de voir des centaines de quidams déambuler dans la rue avec un masque ou, pourquoi pas, pendant qu'on y est, des combinaisons de protection et des masques respiratoires, pour éviter d'attraper un rhume !

Augustin reprend son cellulaire et appelle Marina, comme tous les soirs, pour lui raconter sa journée de ski.

# III

# Ski à Vars

S'il y a une chose qu'Augustin déteste, c'est faire la queue ! Le groupe d'amis a dévalé les pentes toute la matinée et veut manger dans un restaurant d'altitude. Malheureusement, beaucoup de monde a eu la même idée. Le temps est radieux, la nouvelle couche de neige est légère et facile à négocier. Avec un tel ciel bleu, les vacanciers se sont précipités sur les pistes et, à midi, sur les terrasses, pour s'abreuver des rayons du soleil. Sauf qu'Augustin et ses amis doivent faire une queue de près d'une demi-heure pour espérer déjeuner sur le belvédère du self-service.

– On est collés les uns contre les autres et on est venus pour les grands espaces, c'est nul ! marmonne Augustin.

– Râle pas ! dit Laurent. Cool, on n'est pas pressés…

– Vous voulez que je réserve une table ?… Tu viens avec moi, Jean-Yves ? demande Lucile.

– Qu'est-ce que vous prenez ? demande Laurent.

– Le plat du jour, comme avant-hier, c'est tout, dit Lucile.

— Moi, pareil ! dit Jean-Yves accompagnant Lucile.

Une heure après, toute la bande savoure le paysage et profite de la douceur de l'air. Ils ont tous enlevé leurs anoraks. Cependant, ils ont du mal à resserrer à nouveau leurs chaussures, renfiler leurs habits, casques et gants. Le problème quand on s'arrête, c'est de repartir ! On est tellement bien à lézarder devant son pousse-café…

— Bon, on y va ?! dit Augustin en se levant, je suis venu ici pour faire du ski, pas pour glandouiller…

— Oui, t'as raison, répond Jean-Yves en se levant pareillement, allez, debout là-dedans !

Tout le groupe s'équipe, chausse ses skis et emprunte la piste qui mène au village Sainte-Marie. Augustin aime cette sensation de glisse avec l'impression de pouvoir aller où il veut sur la piste, en enchaînant des virages fluides qui se suivent grâce au rythme régulier qu'il s'impose. Quand il voit une bosse, il s'accroupit et prend son extension pour la franchir et savoure ce moment étrange quand il est dans le vide quelques secondes pour ensuite se reposer délicatement sur la neige, grâce à la vitesse et à l'inclinaison de la pente. Tout le groupe, les uns derrière les autres, prend plaisir à godiller, collectionnant les courbes. Lucien, parfois, hume l'odeur des conifères et de la résine de pin quand la piste traverse la forêt. Il aime entendre le chuintement de ses skis et voir la poudre et les traces qu'il provoque dans de grandes étendues vierges de neige fraîche. Pendant l'après-midi entier, toute la petite équipe va s'épuiser à pratiquer tout le domaine de Vars situé au soleil.

Le soir, Augustin, étant parti au village acheter du pain, rentre le dernier. Franchissant la porte, il est assailli par un parfum typique de la haute montagne : celui du fromage qui mijote. Laurent prépare une tartiflette. Cela fait une demi-heure qu'il s'apprête dans la cuisine : il coupe, tranche, mélange, cuit, rissole, enfourne et fait mijoter le tout. L'odeur du Reblochon, des lardons, des oignons et des noix de muscade titille les narines de tous.

Après le festin, tout ce beau monde est terrassé sur les deux grands canapés du séjour et regarde les informations à la télévision.

Tout à coup, Lucile se lève en regardant son cellulaire. Elle quitte le séjour pour ne pas déranger et pouvoir parler avec sa fille tranquillement.

Un quart d'heure après, elle revient dans le séjour et s'assied sur le canapé, les yeux dans le vague sans vraiment regarder la télévision.

– Ça va ? demande Laurent à Lucile.

– Oui, oui, ça va… murmure-t-elle.

– C'est ta fille… elle a un problème ?

– Non, non… au contraire, Laura et Paul vont prendre l'avion samedi pour venir chez moi pour les fêtes.

– Ben alors ?... c'est super pour toi !

Lucile manifeste sa crainte de voir le couple bloqué à Wuhan parce que les autorités chinoises deviennent nerveuses à cause d'un deuxième mort.

– Des manifs ? demande Augustin.

– Non, peut-être un début d'épidémie de grippe…

— Ah, bon ! ben, c'est pas grave ! s'exclame Laurent. Pourquoi on les empêcherait de partir ?

— On parle d'isoler la ville…

— Mais non ! dit Augustin, qui trouve vraiment que Lucile monte tout en épingle, il y a deux morts quand il y en a des milliers ici pour la grippe…

Jean-Yves, à son tour, pense que Lucile noircit le tableau. On ne met pas une ville sous cloche à chaque fois qu'il y a une grippe ! Il n'y aurait plus d'économie… c'est comme si on faisait le siège d'une ville. C'est irréalisable aujourd'hui.

— Elle fait combien d'habitants Wuhan ? demande-t-il.

— Dix millions ou plus, répond Lucile.

— Dix millions ! Tu vois d'ici, si on interdisait aux gens de sortir de Paris ! C'est impossible, continue Jean-Yves, il faudrait contrôler toutes les routes, les trains, les avions… et ça bloquerait toutes les entreprises !

— T'inquiète surtout pas pour ta fille, intervient Augustin. Vous passerez les fêtes ensemble.

Après quelques minutes, les hommes, tous impatients, assistent au début du match Le Mans - Paris-SG. Lucile regarde le début de la partie et au bout de dix minutes quitte ses amis en leur souhaitant bonne nuit.

Au coup de sifflet de la mi-temps, le Paris-SG mène trois à zéro et les publicités se succèdent frénétiquement à la télévision. Jean-Yves coupe le son de l'appareil et les trois amis entament le sujet concernant les événements de Chine et trouvent que Lucile s'agite beaucoup pour « que dalle » comme le dit Augustin. Cependant, ils conviennent que le régime est autoritaire et qu'il peut bloquer les gens sans vraiment une raison valable, comme à Hong Kong

— Tu parles ! Une grippe, faut pas déconner ! s'exclame Jean-Yves.

Peut-être serait-ce une excuse… mais pourquoi ? Les trois amis admettent que la situation n'est pas claire de ce côté de la planète et comprennent la nervosité de Lucile. Elle a manifestement peur de voir sa fille retenue là-bas pour, soi-disant, ne pas propager la maladie.

— Pour une mise en quarantaine ?! Nooon, pour le moment ils n'ont même pas de symptômes. C'est même pas sûr que ce soit une grippe là-bas ! Ils n'auront aucun problème pour partir, tu rigoles ?! conclut Augustin.

Le dernier jour de ski, le soir, le groupe va prendre une dernière bière à l'Escondus, un bar juste à cent mètres de chez eux. Tous sont fourbus, car, pendant le séjour, le beau temps était au rendez-vous ou sinon les nuages se levaient en fin de matinée, après d'abondantes chutes de neige. Par conséquent, l'appel de la neige fraîche et du soleil a fait qu'ils ont intensément skié tous les jours.

Lucile est rassurée, car il n'y a pas eu de nouvelles alertes à Wuhan depuis trois jours et sa fille a eu la confirmation de son vol pour le lendemain.

Le samedi matin, tous s'affairent à ranger leur matériel et leurs valises. Ils repartent chez eux avec de beaux souvenirs dans la tête, et la promesse de remettre ça l'année prochaine, même station, même période.

Tous habitent dans le Sud-Est, dans les environs de Nice, et se donnent rendez-vous chez Augustin et Marina pour une raclette, dans un mois, après les fêtes de fin d'année.

# IV

# Fêtes de fin d'année

Marina prépare et range ses affaires scolaires et quelques pull-overs dans sa valise.

— Tu comptes travailler à Savigliano ? demande Augustin, essayant de fermer son gros sac de sport et la voyant disposer ses cahiers.

— Oui, un peu, je vais préparer un cours sur la montée du fascisme en Italie…

— T'auras pas le temps avec la famille !

— Si, je trouverai toujours un moment pour le faire. N'oublie pas ton casque comme l'autre fois, si tu veux skier à Limone avec Monica et Manuel.

— Ah oui, mince !

Le couple, qui habite Vence, ce dimanche 22 décembre prend la route en fin d'après-midi pour Savigliano, une petite ville au sud de Turin où Marina a toute sa famille.

Cinq ans auparavant, avant de migrer en France, Marina donnait des cours de français et de littérature dans sa ville natale. Un an après, elle et sa collègue italienne Anna, professant dans le même collège à Sophia Antipolis, faisaient connaissance d'Augustin et de son ami Laurent en randonnée dans le Mercantour. Ils se sont revus plusieurs fois ensuite et en particulier chez Laurent avec d'autres amis, pour chanter et jouer de la guitare. Augustin était attiré par Marina, une belle brune piquante, enjouée, dynamique, ayant énormément d'initiative, mais… qui avait vingt ans de moins que lui. Elle venait d'avoir une grande déception amoureuse et n'était pas prête à subir une nouvelle désillusion. Aussi, Augustin avait peur de compromettre son amitié en la courtisant ou en allant *trop loin*. Pendant plusieurs mois, il lui tourna autour, sans oser lui exprimer ses sentiments.

Augustin avait perdu sa femme onze ans auparavant : elle avait trop fumé. Ses poumons et le cancer avaient eu raison d'elle.

Deux ans après, il était sorti à nouveau avec une ancienne amie, Agnès, qui l'avait retrouvé sur l'application Internet *Copains d'Avant*. Elle habitait à Lagny dans la région parisienne en Seine-et-Marne. Ils vécurent alors un an ensemble chez elle, car il travaillait encore à Paris. Mais très vite, ils se disputèrent et Augustin partit de chez elle pour aller louer un « deux-pièces » dans la banlieue proche de Paris, au Perreux.

Ils se réconcilièrent, mais ne se voyaient plus que le week-end. À la retraite, il revint dans sa maison qu'il avait acquise dans l'arrière-pays niçois et, par conséquent, ne la revoyait que très peu, à peine quelques jours par mois…

Augustin considérait Agnès trop irascible même s'il avait sûrement plein de défauts à ses yeux et il préféra s'éloigner d'elle pour ne la voir que de temps en temps… et pas trop longtemps, avant que renaissent les disputes.

Augustin n'avait donc pas quitté Agnès quand il rencontra Marina et cette dernière le savait ! Un jour, osant le premier pas, il lui prit la main dans la rue. Elle laissa sa main dans la sienne… Le soir il l'embrassa. Mais Marina posa un ultimatum avant toute chose : rompre définitivement avec son ancienne amie.

Augustin n'y alla pas par quatre chemins. Pour prouver à Marina sa décision définitive, il téléphona le soir même à son amie parisienne et lui expliqua que *c'est fini*. Agnès, croyant que ce n'était qu'un caprice, le relança le lendemain et ils se chamaillèrent à nouveau au téléphone.

– Tu n'es qu'un égoïste ! cria-t-elle.

– OK, je suis un égoïste, mais je fais quoi avec tes affaires qui restent dans la chambre ici ?

– Tu ne touches pas à mes affaires ! hurla-t-elle.

– Allez, salut ! dit simplement Augustin, et il raccrocha.

De peur qu'Agnès le rappelât ou, pire, vint à Vence le tarabuster, il décida d'acheter une énorme valise à Carrefour pour y mettre tous les vêtements qu'elle avait laissés chez lui ; il alla ensuite à la poste pour expédier le tout à son adresse.

Augustin et Marina prennent l'autoroute pour se rendre dans le Piémont. Ils quittent la France après une demi-heure de trajet et empruntent l'« autoroute des fleurs » qui traverse la région montagneuse de la Ligurie le long de la mer. Ce parcours, longeant la Méditerranée, est perché à plus de cent mètres de hauteur, il comprend une soixantaine de tunnels complémentés par une centaine de viaducs, tous aussi impressionnants les uns que les autres. Ce n'est pas une route de montagne sinueuse, mais un long trait rectiligne de 150 km qui transperce de part en part le relief de la région. Les Italiens, en avance sur leur temps, avaient déjà construit plus de 2500 km d'« autostrade » quand ils ont réalisé, en 1967, cette œuvre d'art qui va de la frontière franco-italienne à Gênes. (Les Français, à l'époque, avaient moins de 1000 km d'autoroute et n'avaient pas encore raccordé Paris à Marseille). Le passager a la chance de découvrir, à travers les anfractuosités du paysage, une ribambelle de petits villages nichés à flanc de falaise. Et le soleil, bientôt couchant, accentue maintenant la couleur ocre des corniches qui plongent directement dans la mer. Marina est émerveillée par cette couleur passagère provenant de ce rouge lumineux des roches, contrastant avec le bleu marine de l'eau. Une heure plus tard, le couple pique brusquement vers le nord pour traverser les Alpes Ligures et débouche soudainement dans la plaine du Pô. Enfin, ils s'approchent de Savigliano, dans son écrin de montagnes blanches, dont le mont Viso, culminant à 3800 mètres, se détache nettement.

Le soir, Marina est autour de la table avec ses parents, Augustin, son frère et sa compagne. Tout le monde mange dans la cuisine familiale des parents, car elle est spacieuse et surtout très pratique pour la maman qui a ses réchauds à portée de main. Elle parle français, mais préfère ne pas s'aventurer dans une discussion avec son gendre. Heureusement, Augustin a vécu adolescent en Italie, car son père, nommé à Milan, représentait la compagnie aérienne Air France. Certes, son italien est perfectible, mais il a l'avantage de comprendre tout le monde sans effort dans la langue de Dante. Les grèves françaises des transports ferroviaires pour lutter contre le nouveau régime de retraite font partie de la discussion, ainsi que la fuite des cerveaux italiens qui partent pour risquer l'aventure à Londres, à Pékin, à Atlanta ou à Melbourne.

Le soir, de retour de chez les parents, dans l'appartement de Marina, Augustin part se coucher immédiatement pour lire un ancien livre datant des années soixante et très d'actualité, concernant la planète : « La danse avec le diable ». Augustin ne saura pas tout ce que manigancent le diable et ses ministres, car il s'endort au bout de quelques minutes avec le livre ouvert sur son ventre. Marina qui, dans le séjour, vérifie ses messages sur son cellulaire, vient une demi-heure après dans la chambre pour ranger le livre d'Augustin et se coucher à son tour.

Augustin avait un fils, Julien, mort à 36 ans dans le blizzard canadien.

Il y a 6 ans, malgré un avis de tempête de neige, il partit de Rimouski un après-midi, seul sur la route, pour rejoindre sa famille à Montréal, la veille de Noël. Il quitta la chaussée sans le savoir à cause du manque total de visibilité et s'enlisa sur le bas-côté. Son cellulaire n'ayant pas de réseau, sa voiture ne redémarrant plus et ne voulant pas rester immobile dans son véhicule, il entreprit de marcher jusqu'à la prochaine ville, Trois-Pistoles, la plus proche dans cette grande étendue blanche. Elle était située à une dizaine de kilomètres, mais avec une visibilité nulle, un vent puissant venant du Pôle Nord qui provoquait d'énormes congères, il perdit encore le tracé de la route, complètement recouverte d'une épaisse couche de neige. Il perdit également le sens de l'orientation et tourna en rond. Dans la bourrasque et la température avoisinant les moins trente, totalement épuisé, il mourut de froid dans la nuit, cherchant vainement son chemin.

Julien avait rencontré sa femme Kaitlyn, une grande blonde aux cheveux courts d'origine canadienne, à Paris, lors de son projet Erasmus. Aujourd'hui, sa femme et ses deux enfants, Pierre et Louis, vivent toujours à Montréal. Auparavant, Julien et sa famille avaient vécu onze ans dans la banlieue parisienne, à Bry-sur-Marne, avant d'immigrer au Canada.

Augustin profite toujours de ses petits-fils pendant les vacances d'été. À l'époque de Julien, toute la famille restait un mois, mais depuis sa disparition, ils ne restent qu'une dizaine de jours. « C'est déjà cela » se console Augustin. Maintenant, les enfants sont adolescents et il ne fait que les entrapercevoir. Mais, après les sorties nocturnes, la plage avec les copains-copines et les rendez-vous *galants*, il arrive à les « coincer » au petit déjeuner, vers les onze heures.

Marina et Kaitlyn s'entendent bien. Elles partagent la passion des livres, des voyages et parlent souvent de leur progéniture. Elles vont très souvent dans l'arrière-pays visiter des villages sarrasins ou faire des randonnées avec leurs sacs à dos.

Depuis six ans malheureusement, pour les fêtes de fin d'années, ses petits-enfants et leur mère rejoignent systématiquement les parents de Kaitlyn à Calgary.

L'un des petits-fils d'Augustin, Pierre, est venu les voir en octobre l'année dernière. Il s'est installé il y a quelques mois à Nice pour faire une école hôtelière et peut-être rester sur la Côte plus tard, après son stage. Il déteste l'hiver et la neige depuis la mort de son père et aimerait bien s'installer au soleil.

Augustin juge Pierre introverti et replié sur lui-même. C'est quelqu'un qui s'exprime peu. « On a l'impression qu'il fait toujours la gueule », avait-il dit un jour à Marina. Il ne s'est jamais caché de préférer son petit frère Louis, exubérant, communicatif, toujours souriant, faisant souvent des blagues voire des bêtises.

Depuis son arrivée, Pierre les a contactés deux fois. Cependant Marina a demandé à Augustin pourquoi Pierre les appelle rarement :

– C'est un jeune, dit-il, il ne va pas s'ennuyer à voir des vieux. Quand j'avais dix ans, en pension à Paris, mes grands-parents ne venaient pratiquement jamais me voir et mes parents encore moins, parce qu'ils habitaient Berlin !

– Ce n'est pas une raison… vous êtes une drôle de famille quand même !

– Même quand mes parents habitaient Nice, pour leur retraite, ils avaient une vie mondaine tellement chargée qu'on se voyait à peine une fois par an… et nous, pendant les fêtes, on allait à Montluçon dans la famille de mes beaux-parents ! Moi aussi, avec le boulot, ce n'était pas évident.

– Vous n'avez pas le sens de la famille, vous en France, contrairement à nous…

– Disons que c'est plutôt ma famille, avoue Augustin, mais je vais appeler mon petit-fils pour l'inviter à déjeuner.

La fille de Marina, Stella, habite en Australie depuis deux ans et vient la veille de Noël à Savigliano pour les fêtes. Elle travaille dans une banque à Perth. Marina s'est séparée de son père, professeur de musique et passionné fou d'alpinisme. Les fins de semaine, il se couchait tôt et quittait le foyer à l'aube pour ses escalades. Il partait également des semaines pour des expéditions dans les Andes ou dans l'Himalaya. Marina acceptait ses échappées et ses nombreuses absences, mais le jour où elle apprit qu'il avait des aventures avec ses compagnes d'ascension, la décision fut radicale.

Marina a pratiquement élevé sa fille toute seule après le départ de son père, jusqu'au jour où Stella a quitté le nid maternel pour s'installer à Turin avec son petit ami. Mais il y a deux ans, Stella s'est fâchée avec lui et a décidé de partir de l'autre côté de la planète tenter sa chance.

Le jour de Noël, tout ce monde, avec également les parents de la compagne du frère de Marina, est autour d'une grande table pour faire bonne chère. Le champagne et le bon vin coulent à flots. Son frère ainsi que son amie ont cuisiné toute la journée pour recevoir la famille chez eux et l'ambiance est chaleureuse.

Le lendemain, Marina et Stella, vivant toutes les deux à l'étranger, profitent de la circonstance pour rendre visite à leurs amis à Turin qu'elles n'avaient pas revus depuis plusieurs mois, pendant qu'Augustin profite de ce moment pour flâner au marché de Savigliano.

Le soir, et tous les soirs suivants, Marina, sa fille et Augustin mangeront ensemble dans la maison des parents pendant que son frère et sa compagne iront chez les beaux-parents.

Le 31 décembre à minuit, de retour du dîner des parents, Augustin, Marina et Stella reçoivent énormément de messages pour la nouvelle année 2020.

Marina hérite d'un message de Lucile leur souhaitant la bonne année et qui demande si Stella repart en Australie avec les incendies qui font rage sur place. Marina explique que sa fille, habitant Perth, à l'ouest, n'a aucune crainte, car les feux se développent au sud-est, vers Sydney. Elle interroge Lucile pour savoir si sa fille repart à Wuhan avec la grippe. Était-ce une fausse alerte ? Le message de Lucile ne se fait pas attendre :

*Laura a été informée par son médecin à Wuhan qu'il y avait un nouveau coronavirus, comme le SRAS*[1]*. Je sais que ta fille a une amie à Hong Kong, a-t-elle des infos ?*

– Stella ! crie Marina du canapé du séjour vers la chambre de sa fille.

– Si mamma ! Cosa c'è[2] ? répond Stella sortant de la pièce.

Marina explique la situation. Stella prend son cellulaire et envoie un message à Livia, une copine de lycée, travaillant maintenant pour la Singapour Air Line à Hong Kong.

– Sai che sono le sei del mattino laggiù, Livia non mi risponderà subito[3], dit Stella après avoir envoyé son message.

Marina entre dans la chambre où Augustin envoie lui aussi des messages de bonne année à tour de bras à tous ses amis en France. Elle dépeint à Lucien les déclarations de Lucile, inquiète pour sa fille en Chine où les autorités apparemment étouffent l'affaire.

– Encore cette histoire de grippe ! s'exclame Augustin. Tu ne trouves pas que Lucile en fait un peu trop ?

– Je ne sais pas, le médecin chinois a été sûrement prévenu par un lanceur d'alerte quelque part… Stella a demandé à sa copine Livia si elle était au courant de quelque chose.

---

1 Syndrome Respiratoire Aigu Sévère, d'origine virale.

2 Oui maman, qu'est-ce qu'il y a ?

3 Tu sais, il est six heures du matin là-bas, Livia ne me répondra pas tout de suite.

– Bon, je comprends Lucile qui se fait du souci pour sa fille, mais franchement c'est du n'importe quoi ! Et sa fille, qu'est-ce qu'elle va faire ? Elle va rester en France parce qu'il y a une grippe en Chine ?! Si ta fille habitait Sydney, je comprendrais ton inquiétude, à cause des incendies… mais là vraiment…

– Oui, c'est vrai qu'elle s'inquiète un peu trop, et puis ce n'est pas la peste…

# V

# Doutes

Le 4 janvier, Stella, de retour chez elle à Perth, reçoit un message de son amie Livia, provenant de Hong Kong. Elle le fait suivre à sa maman : il cite un article de la BBC[4] qui fait mention d'un *virus mystérieux* à Wuhan. Il y aurait 44 cas de personnes touchées, dont 11 graves, sans savoir si la transmission du virus est humaine ou non.

Marina adresse immédiatement la réponse de Hong Kong à Lucile. Quelques secondes après, le téléphone sonne.

— Bonjour, Marina, je viens de lire ton message… tu vois que ce n'était pas une rumeur ! Malheureusement ils sont repartis hier pour Wuhan.

— Ta fille et ton gendre ?

— Oui… je ne suis pas tranquille, car en Chine « ils » cachent ou étouffent toujours quelque chose…

---

4 British Broad casting Corporation : société anglaise spécialisée dans la production et la diffusion de programmes de radio et télévisés.

— Tu n'as pas d'autres informations ?

— Si, un de leurs amis, anesthésiste à Wuhan, a reçu un avis de la municipalité parlant d'une *pneumonie d'origine inconnue* avec interdiction d'en divulguer l'info !

— Ouh là… apparemment l'info circule quand même… la preuve, la BBC est au courant…

— Ce qui m'embête pour ma fille, c'est l'attitude des autorités, qui ne veulent pas que ça se sache… ça doit donc être plus sérieux qu'une « simple pneumonie peu contagieuse ».

— Non, je ne pense pas, ils ne veulent peut-être ne pas affoler les touristes… si j'ai d'autres infos, je te les transmettrai, dit Marina.

Le lendemain, Augustin et Marina, sous un soleil éclatant, dans une ambiance festive et bon enfant, participent à la course des 10 kilomètres de la Promenade des Anglais : la *Prom'Classic* de Nice. Ils se retrouvent entourés par des milliers de personnes en tenues légères de joggers, très joyeux et excités de participer à cette compétition conviviale. Il y a beaucoup de groupes. Des personnes de la même entreprise, ou d'une même association, se sont donné rendez-vous pour cette manifestation. Certains se sont organisés pour avoir le même T-shirt pour la circonstance. Pour quelques-uns, c'est la première fois : ils ont été embrigadés par leurs collègues ou leurs amis. Ils s'interpellent, rient, chantent et se photographient à tour de bras. Certains sont là pour *participer,* tant pis s'ils ne terminent pas l'épreuve. Pour d'autres, en particulier ceux pour qui c'est la première fois, la motivation est de *finir* la course. Il y a ensuite les *performeurs* : leur objectif est de faire un bon temps et, si possible, meilleurs « que la dernière fois » ! Et puis il y a la fine fleur, les quasi professionnels… ceux qui veulent *gagner* la course. Ces élites sont peu nombreuses, à peine une centaine.

Il fait un peu frais avec le petit vent venant du large ce matin de janvier, mais, au milieu de milliers de concurrents, Augustin et Marina n'ont aucunement froid.

Toute la foule s'ébranle au coup de feu du départ. Il y a tellement de monde que les concurrents, les uns contre les autres, sont contraints de marcher quelques minutes avant de pouvoir courir. C'est un aller-retour sur la promenade. Les participants partent du théâtre de verdure, devant le monument symbolisant le rattachement du Comté de Nice à la France. Ils longent continuellement le bord de mer jusqu'au début de l'aéroport pour revenir au point de départ : la ligne d'arrivée.

Augustin s'est élancé, mais pas trop vite, car il veut en *garder sous le pied* pour la fin de l'épreuve. Le parcours est plaisant, car la Promenade, vidée de ses voitures, est quasi silencieuse. Les applaudissements et les encouragements des familles, des amis et des curieux se font entendre au milieu des chuintements des pas des participants. Une grosse caisse au loin bourdonne et plus Augustin s'en approche, plus il distingue le rythme typique de la samba. Arrivé à leur hauteur, il découvre une vingtaine de musiciens tapant sur des tambours avec une cadence terriblement entraînante pour les coureurs.

Un quart d'heure après avoir dépassé ces percussions énergiques donnant du punch à tous les participants, Augustin croise cette fois-ci un petit groupe de jazz avec trombone, caisse claire, banjo et trompette. Peu de temps ensuite, il s'approche d'une fanfare avec son tuba contrebasse ponctuant la mesure avec de graves « poum, poum, poum » caverneux. Au retour, il discerne au loin le dôme du fameux hôtel Negresco, mais il est loin d'avoir fini sa course, car cette coupole rose sur la baie se voit à des kilomètres !

À l'arrivée, le couple est épuisé, mais satisfait, car chacun a atteint son objectif, à savoir quelques secondes en dessous de cinquante minutes pour Augustin, c'est-à-dire 12 km à l'heure, et un peu moins de soixante minutes pour Marina, ce qui correspond à 10 km à l'heure.

Ravis de leurs performances, ils s'offrent un restaurant typique situé dans une rue étroite, dans la vieille ville de Nice, *l'épicerie Georges*. C'est un tout petit restaurant garni de tables étrécies, mais les plats sont succulents… Ils ne se privent pas, la course étant faite ! Ils ne surveillent pas leurs poids cette fois-ci et se permettent un écart. Au dessert, Augustin prend une *tourta de bléa* (tourte de blettes) et la déguste lentement, quand Marina aborde la conversation de la veille avec Lucile.

— Dis donc, je pensais pour hier soir, je n'aurais pas dû lui envoyer le message concernant l'article de la BBC sur le virus de Wuhan… maintenant elle s'inquiète vraiment pour sa fille.

– Mais ce n'est pas vrai ! s'exclame Augustin. T'es toujours avec cette histoire... au ski, elle n'arrêtait pas de nous saouler avec ça. C'est officiel ou ce n'est pas officiel ?

– Officiellement, c'est une pneumonie et pour le moment rien ne prouve qu'elle soit contagieuse...

– Comme la grippe aviaire, c'est pas contagieux...

– Non, là c'était les oiseaux entre eux...

– Sauf si le mec bouffait un canard avec la grippe...

– Même s'il en mangeait ce ne serait pas contagieux pour l'homme... et là, il y a déjà 44 cas depuis fin décembre...

– Tu ne vas pas t'y mettre aussi ! grommelle Augustin. Il n'y a pas encore de morts ?

– Si, il y en a deux...

– Ça, c'est pas sûr que ce soit en rapport avec le virus !

– Oui, peut-être, mais il leur est interdit de divulguer quoi que ce soit !

– Si ça devient contagieux, ils prendront des mesures comme avec le SRAS et ça restera en Chine.

– Faut espérer ! Mais je comprends Lucile, si Stella habitait Wuhan je ne serais vraiment pas tranquille.

Deux semaines après, Marina reçoit un message de Stella provenant de Livia qui indique que soixante-dix personnes à Hong Kong, qui s'étaient rendues à Wuhan, sont hospitalisées avec de graves problèmes respiratoires. Marina en parle à Augustin et fait suivre le message à Lucile.

Le lendemain, sur Internet, Augustin a la confirmation qu'il y a un deuxième mort officiel à Wuhan. Ce qui en fait trois confirmés, dont une personne en Thaïlande, morte quelques jours auparavant. Elle venait de Wuhan. Cette personne avait affirmé qu'elle ne s'était jamais déplacée au marché aux poissons et animaux sauvages de Wuhan, alors que la transmission d'infections provenant d'animaux est soupçonnée depuis le début. Une transmission d'humain à humain commence à convaincre Augustin.

Dix jours après, plus de cinq cents cas sont déclarés et dix-sept ont perdu la vie à Wuhan. Augustin qui, depuis quelques jours, surveille l'évolution de la grippe sur Internet est persuadé de plus en plus qu'il y a une vraie épidémie en Chine. Ce qui finit de le convaincre est la décision des Chinois de mettre Wuhan en quarantaine le jour même.

Le soir, Marina lui apprend que la fille de Lucile et son compagnon seront rapatriés fin janvier.

— Lucile m'a dit qu'ils feront partie de la première vague d'expatriés, dit Marina, elle m'a dit aussi qu'ils vont être mis en quarantaine en France, pendant 14 jours, dans un centre de vacances…

— Le gouvernement français prend vraiment les choses au sérieux… pour carrément rapatrier ses ressortissants ! dit Augustin.

Une idée germe dans sa tête. En plus du rapatriement, au fil des jours, il apprend que l'OMS[5] demande de mettre en place des dépistages dans les aéroports. Il voit également l'annonce de la construction, à Wuhan, d'un énorme hôpital qui devrait être achevé en un temps record : dix jours.

5 Organisation Mondiale de la Santé

Le 30 janvier, Augustin lit que l'OMS déclare l'urgence internationale face à l'épidémie et que de très longues files d'attente pour acheter des masques se sont formées devant plusieurs pharmacies de Hong Kong.

Sa décision est prise.

# VI

# Décision

Lucile est enfin soulagée : sa fille et son compagnon ont été rapatriés de Wuhan et sont confinés dans un centre de vacances dans le sud de la France.

Les jours suivants Augustin voit l'annonce de l'OMS qui communique le décès du Docteur Li Wenliang, ophtalmologue à l'hôpital central de Wuhan, le 6 février. Il avait été arrêté par la police parce qu'il avait *propagé de fausses rumeurs* sur l'apparition d'une grippe proche du SRAS. Sa mort, probablement due à ce mystérieux et nouveau virus, soulève l'indignation et révolte une partie de la population locale. Dès le début du mois de décembre 2019, le médecin, lanceur d'alerte, avait tenté de mettre en garde sur la gravité de la situation à Wuhan. « Donc, au ski, ce que racontait Laura, la fille de Lucie, était vrai ! Et Lucile qui sous-entendait que les autorités avaient tendance à étouffer ce qui les embarrassait avait aussi raison », constate

Augustin. « En plus le médecin a été contaminé ! C'est donc vraiment contagieux et apparemment plus virulent... davantage que la grippe d'il y a dix ans. » continue-t-il de penser. Poursuivant la lecture de l'article, il est surpris par le nombre de cas déclarés (28 018) et le nombre de morts (560). « Ce n'est pas une plaisanterie, se dit-il, et le nombre de cas s'accroît visiblement d'une façon exponentielle : on commence le premier jour avec un premier cas[6], le deuxième jour avec 2 cas, le troisième jour avec 4 cas, le quatrième jour avec 8 cas... et la deuxième semaine on arrive à plus de 16 000 cas ! Les jours s'additionnent, mais la propagation, elle non, elle se multiplie ! »

Au mois de décembre sur Internet, quand il était au ski, il avait noté qu'en France, il y avait très peu de masques en réserve, toute proportion gardée bien sûr.

Augustin choisit de se renseigner à nouveau. Il apprend que certains, appelés chirurgicaux, sont jetables et ont une durée de vie de seulement 4 heures. Également, il note qu'il faut 4 millions de masques par semaine en période normale, dont quatre-vingts pour cent sont commandés en Chine. « Là, les Chinois vont se les garder pour eux, si ça se propage sérieusement en Chine avant l'Europe où ailleurs », se dit Augustin.

Ces masques sont dédiés aux professions médicales, environ cinq cent mille personnes en France. Si on ajoute les pharmaciens, et toutes les professions qui touchent de près le médical, on arrive à deux millions.

6 Nommé plus tard : *le cas zéro*

Il réfléchit encore et admet que, s'il y a une épidémie en France, la demande en masques va automatiquement augmenter puisqu'il y aura tous les professionnels de la santé, c'est-à-dire deux millions au total, qui en auront besoin en priorité… pour ne pas contaminer ou se faire contaminer comme en a été victime le médecin chinois !

« Donc aujourd'hui, les auxiliaires comme les infirmiers, ambulanciers, aides-soignantes… ça en fait quatre fois plus que d'habitude, étant donné que je ne les vois jamais avec des masques, continue d'approfondir Augustin. S'il y a une pandémie, ils seront prioritaires aussi ! Et si tous les pékins comme moi dans la rue, les commerçants, les routiers, les éboueurs ou les plombiers veulent avoir un masque, il n'y en aura plus ! »

Ce raisonnement conforte sa décision.

Début février, on assiste à plusieurs cas de Coronavirus en Europe (trois cas en France, un en Allemagne, un en Belgique, deux en Italie à Rome, deux en Angleterre). Un bateau de croisière californien est bloqué au port de Yokohama au Japon et mis en isolement total : plus de soixante cas y ont été decelés.

Le 10 février à midi, Augustin entend à la radio le confinement total des Contamines, une station de ski en Haute-Savoie. La quarantaine est de 14 jours pour toute la population.

Augustin passe à l'action l'après-midi même.

Il fait le tour des pharmacies et des parapharmacies de la région et achète des masques. Dans chaque pharmacie, méfiant, il en achète raisonnablement : trois boîtes maximum, pour ne pas éveiller les soupçons.

Il ne dit rien à Marina, car il pense qu'elle n'approuverait pas sa démarche : exploiter des gens en abusant d'une situation inhabituelle. Pour lui, ce n'est que le jeu de l'offre et de la demande.

Le lendemain, pendant que Marina donne ses cours à Sophia Antipolis toute la journée, il peut furtivement aller dans l'arrière-pays et continuer ses achats. Le surlendemain, toujours en cachette, il récolte un maximum de masques dans le département du Var.

Augustin et Marina ont deux garages dans leur maison à Vence. Ils sont indépendants, mais juxtaposés. L'un est utilisé pour stationner la voiture de Marina et, comme Augustin laisse la sienne coucher dehors, le second sert à stocker les outils de jardin. Cependant, d'anciennes malles métalliques encore pleines, ayant servi autrefois, stagnent, ainsi que d'anciennes tables de jardin inutilisées, de vieux vélos délabrés, d'anciennes roues de secours. Bref, un vrai capharnaüm. Augustin, ayant déjà sa petite idée depuis plusieurs jours, avait nettoyé le garage en tapinois. Il avait rangé et s'était débarrassé d'un maximum de choses en allant discrètement aux encombrants.

Le jour suivant ses virées, il achète des cartons de déménagement chez Leroy Merlin pour y stocker toutes les boîtes de masques acquises. La partie du garage dégagée est remplacée par 19 cartons contenant 1140 boîtes, c'est-à-dire

57 000 masques. Augustin a vidé totalement son compte d'épargne en trois jours, mais compte bien en récupérer le double, sinon le triple, dans les jours à venir.

Sur Internet, il voit le tutoriel vidéo du CHU[7] de Grenoble pour réaliser soi-même son masque de protection. Il y a même, disponible, pour le faire soi-même, le patron du masque de protection à imprimer sur une feuille A4 ! Cela donne une idée à Augustin…

7 Centre Hospitalier Universitaire

# VII

## Tino

Le samedi 15 février, dans l'après-midi, Augustin démarre sa voiture en bas de chez lui pour rejoindre Marina qui est partie la veille précipitamment à Savigliano. Elle a rejoint son père qui, depuis quelques jours, se sentait déjà très affaibli par sa maladie neurologique et avait perdu connaissance dans la matinée. Il se trouvait aux urgences dans le service de réanimation de l'hôpital de Savigliano.

Par un concours de circonstances, le début des vacances de février pour la zone de Nice correspondait au jour du départ de Marina pour l'hôpital, c'est-à-dire qu'elle avait deux semaines devant elle pour rester auprès de son père et de sa famille.

Après trois heures de route, Augustin rejoint Marina dans l'antichambre de la salle de réanimation de l'hôpital de Savigliano. Il y a la tante, le frère et la belle-sœur dans la pièce. Marina l'accueille et lui propose d'aller voir son père.

– On peut entrer, mais seulement deux personnes à la fois, pas plus, dit Marina, il faut attendre le retour de ma maman.

– Il est conscient ? demande Augustin.

– Non.

Au bout de dix minutes, au retour de la maman, avant de pénétrer dans la salle, ils mettent leurs surchaussures et se lavent les mains avec du gel hydroalcoolique à disposition. Ils pénètrent dans une grande pièce silencieuse de plusieurs lits avec des patients muets raccordés par plusieurs tubes.

– C'est par là, indique Marina à voix basse, devançant Augustin.

Il découvre soudainement Tino, le papa de Marina, sur sa gauche, après avoir dépassé quelques lits. Il est allongé avec la tête légèrement redressée. Il a deux petits tuyaux dans le nez pour l'oxygène. Extérieurement, il n'a pas l'air de souffrir. On dirait même qu'il est apaisé, voire serein. À Noël, il n'avait pas cet air détendu, car, en plus d'avoir du mal à respirer, moralement il ne supportait pas son affection et il se sentait inutile. Il savait être une charge pour sa femme qui devait le surveiller continuellement.

Issu d'une famille de paysans, il était débrouillard et, adolescent, devint rapidement autonome.

Ses parents, ses deux frères et ses cinq sœurs habitaient dans les environs de Marene, un petit village au sud de Turin, à sept kilomètres de Savigliano. C'était le plus jeune de la famille et très souvent, en dehors de l'école, il aidait sa famille à la ferme et aux champs. Néanmoins, le bac en poche, soif de nouveaux horizons, il partit, pour ne pas dire s'enfuit, pour voir du pays et ainsi bourlinguer dans toute l'Italie. Il avait dû exercer plusieurs métiers plus variés les uns que les autres pour survivre. Il avait servi le café en terrasse, pavé des routes, conduit des troupeaux de bovins aux pâturages, fait le magasinier dans une quincaillerie…

Finalement, au bout de trois ans, il revint dans son village natal et se fiança avec une fille de Marene, Anna-Maria, sa future femme, qu'il épousa un an après. Il trouva un travail à Turin, à La Stampa, le journal principal de cette ville, appartenant à l'empire Agnelli qui possédait, entre autres, les usines FIAT. Il commença coursier et finit responsable des archives du journal.

Marié, avec ses deux enfants, il était toujours très actif et avait entraîné sa famille à travers l'Europe. Au moment des vacances, ils partaient tous les quatre, la voiture pleine de bagages, et sillonnaient les régions les unes après les autres sans savoir toujours où coucher le soir. La tente arrimée au petit bonheur la chance était la solution de secours quand ils n'arrivaient pas à trouver une auberge pour dormir…

Dans la maison, qu'il avait fait construire à Marene, c'était lui qui installait ou réparait tout ce qui était possible. Il nourrissait pratiquement directement sa famille grâce à un énorme potager qu'il cultivait seul sans vouloir de l'aide, c'était son domaine !

Marina lui prend la main et lui parle. Elle ne sait pas s'il entend ou s'il sent sa main dans la sienne, mais il a un petit soubresaut. Le médecin, quelques heures auparavant, lui avait affirmé qu'il y avait de grandes chances qu'il entende ou qu'il devine les personnes autour de lui.

Tout se passe alors très vite. Le lendemain à huit heures, Marina reçoit un coup de téléphone de Marene. Tino est décédé, son papa les a quittés. Sa maman à l'autre bout de l'appareil est en pleurs. Elle lui annonce qu'elle va directement à l'hôpital.

Le jour suivant à onze heures, son cercueil est exposé dans le séjour de sa maison à Marene. Pendant deux jours, toute la famille, proche et lointaine, viendra rendre visite à Tino. Mais aussi, ce qui surprend Augustin, un nombre incalculable de personnes en dehors des intimes vient le voir : les voisins, les amis, les anciennes relations, des connaissances et des personnes qu'Augustin n'avait jamais vues ou dont il n'avait jamais entendu parler. « Ce sont toutes les personnes qu'il a aidées à Marene », lui explique Marina. Il croise des Roumains, des Albanais, c'est-à-dire d'anciens immigrés, d'anciens délinquants… bref, toutes les personnes qu'il a épaulées gratuitement et discrètement, sans rien demander en retour.

La messe a drainé une multitude de gens. L'église est pleine et dehors, sur le parvis, autant de monde est debout pour rendre un dernier hommage au père de Marina. Toutes les personnes présentes récitent à maintes reprises le « Ave o Maria piena di grazia », le « Padre nostro » et le « Io credo in Dio Padre onnipotente » vingt fois de suite, comme on égrène un chapelet. Le curé fait un sermon touchant, mettant en relief les aides et les réconforts dont ont bénéficié d'innombrables personnes grâce à Tino.

Marina, à son tour, monte à l'autel et lit, d'une voix assurée, une lettre de remerciements qu'elle a écrite la veille : « Merci papa, pour la confiance que tu as toujours eue en moi, merci de m'avoir raconté de belles histoires et fait rire quand j'étais petite en faisant le clown avec les yeux à travers les trous du carton de la boîte de yaourt pour que maman puisse m'alimenter, merci pour m'avoir enseigné le ski, merci pour la merveilleuse poésie que tu m'as écrite quand j'étais adolescente, merci pour l'école de langues que tu m'as payée, merci pour les coups de téléphone et les fax envoyés de ton bureau quand j'étais loin à l'étranger pour le travail, merci encore pour toutes les pensées, les prières et les mille choses que tu as faites sans que je m'en aperçoive, merci pour l'exemple de détermination, de rectitude et de cohérence que j'ai cherché à imiter, merci pour le courage de m'avoir dit toujours ce que tu pensais et de vouloir faire ce que tu pensais être juste. Tout cet amour a contribué à faire de moi la femme que je suis aujourd'hui. Merci, je t'embrasse très fort. Ta fille Marina ».

Après le discours spontané de Marina, Augustin est un peu mal à l'aise : elle a parlé de rectitude et de choses justes. Heureusement, il ne lui a rien dit à propos des masques stockés dans le garage qu'il espère vendre à bon prix bientôt, quand ceux qui en auront besoin seront désespérés de ne pas en trouver. Il pense aux ambulanciers, aux secouristes, à tous ceux qui, comme on le dira plus tard, seront en première ligne.

Pendant la marche de l'église vers le cimetière, Augustin réfléchit à sa stratégie. Entre deux « je vous salue Marie » entonné par l'immense cortège, il se résout à attendre de voir si l'épidémie évolue avant d'engager les ventes. C'est comme en bourse : cela ne sert à rien de se précipiter s'il y a de la demande ou une pénurie, l'action va monter d'elle-même. Il aura tout le temps de les vendre par la suite, car on ne peut pas créer des usines du jour au lendemain. En plus, ce sont des produits conformes à des exigences et donc obligés de suivre des normes de sécurité. On ne pourra pas créer suffisamment de masques de substitution facilement et rapidement comme ça, n'importe comment, de façon disparate, Augustin en est convaincu.

# VIII

## Maisons de retraite

Marina est restée à Marene, les dix jours de vacances suivants, pour ne pas laisser sa maman seule dans sa grande maison vide. Augustin, lui, est reparti le surlendemain, car depuis deux ans il chante dans cinq maisons de retraite. Pendant les cinq premiers jours du mois, il rend visite aux petits vieux avec son matériel : guitare, ampli à roulettes et micro. Avec sa convention de bénévole en poche, il visite donc Colomars, Carros, St-Jeannet, Vence et Gattières : des villages sarrazins, typiques, haut perchés, comme déposés sur des mamelons ou sur des pitons rocheux, ayant tous une vue imprenable sur la mer.

Dans le restaurant de chaque maison de repos, pendant l'installation de son matériel, afflue un tout petit monde de personnes âgées qui s'installent autour de lui lentement, en silence et attendent le début du *spectacle*. Le personnel soignant pousse les fauteuils roulants à tour de rôle, un par un, autour d'Augustin, en train de brancher ses câbles.

D'autres pensionnaires, plus autonomes avec leurs déambulateurs, ainsi que les plus vaillants, avec seulement leurs cannes, s'asseyent sur les chaises devant les tables du restaurant disposées pour la circonstance face à l'*artiste*.

Une fois le public prêt, Augustin commence toujours avec « Le petit vin blanc », une gentille chanson à boire qu'il commence doucement. L'air date de la dernière guerre, à l'âge où la plupart des internes avaient vingt ans et, au moment du refrain, des visages s'illuminent alors et certaines lèvres commencent à remuer. Ensuite suivent des chansons de Charles Trenet, de Brassens et des chansons culte de leur époque comme la « Complainte de la butte » ou « Quand on se promène au bord de l'eau ».

Souvent, certains somnolent durant les chansons, alors que d'autres ronchonnent. Pendant la séance, le personnel passe entre les fauteuils roulants et les chaises pour distribuer des pâtisseries, du cidre ou des jus de fruits. Parfois, une aide-soignante hurle à la personne un peu sourde : « Vous voulez encore du gâteau, madame Brocheton ? ». Tout cela est un très bon exercice pour Augustin, qui doit se concentrer un maximum pour ne pas se tromper dans la suite de ses accords ou perdre le fil des strophes de ses chansons.

De temps en temps, une infirmière intervient quand un pensionnaire tousse, ou bien elle demande pourquoi il ne mange pas sa part de galette : « Allez, il faut manger, vous n'allez pas laisser cela ? Vous n'en avez pas encore mangé un bout ! ». Quelquefois, pendant qu'Augustin chante une chanson qu'il connaît sur le bout des doigts, l'ayant interprétée des centaines de fois, son esprit se permet de rêvasser. Il s'imagine plus tard, bien plus tard espère-t-il, quand, dans son fauteuil roulant, à moitié endormi, les soignantes croiseront son regard un peu trop vite, sans savoir que c'est lui qui accrochait le regard des femmes de leur âge quand il était alerte et vif. Pas une seconde elles ne s'imagineront que ce corps de guingois qu'elles poussent a dévalé en ski des pistes raides et des goulets, a fait du surf à Biarritz, a été classé 15/3 au tennis ou bien a fait des marathons. Non ! C'est celui de la chambre 13, qui grogne de temps à autre et qui a failli nous quitter avant-hier. Quand Augustin, ce vieil homme, baissera les paupières, ce sera pour se voir en moto, en roller ou au bord de la mer, tout bronzé, bien bâti, sans une once de graisse, quand il était jeune et cavaleur. Comme le disait un romancier[8], ce qui reste le plus chez les vieux… c'est leur jeunesse.

Souvent, Augustin essaie d'imaginer le passé des pensionnaires qui sont devant lui. Également il tente de deviner leurs caractères. Ceux qui devaient être pénibles à vivre sont les plus aisés à repérer, car leurs entêtements se sont souvent accentués et leurs défauts se révèlent au grand jour. Ils sont repérables sans peine.

Il termine ses chansons avec celle interprétée au début, car elle est connue de tous et entraînante. Les pensionnaires se sont décontractés au cours du spectacle et alors chantent naturellement : « du côté de… Nogent ! »… avec quelques joyeux lurons épars qui se font jour et qui n'hésitent pas à s'égosiller.

---

8 Romain Gary

En rangeant son matériel, Augustin est un peu agité. Il s'est promis de voir Thomas, le responsable de l'animation des Iris, la maison de retraite de St Jeannet, où il a chanté aujourd'hui, pour l'entretenir sur les masques. Il est un peu gêné. Pour éviter toute hésitation, il s'est répété les propos qu'il allait communiquer à Thomas. Avant d'embarquer toutes ses affaires dans la voiture, il se dirige vers son bureau. La porte étant grande ouverte, Augustin traverse une pièce ressemblant à une petite librairie, pour l'accoster devant une table remplie de dossiers. Thomas, un grand homme dynamique au crâne rasé, un peu replet, est au téléphone. Il est debout, face à la fenêtre, tournant le dos à son bureau et à Augustin, qui attend la fin de la conversation.

— Pas de soucis, je te rappelle dès que j'ai leur accord. C'est ça… au revoir ! conclut-il en se retournant et découvrant Augustin.

— Bonjour, Thomas, entame Augustin, je ne te dérange pas ?

— Bonjour, Augustin, ça fait longtemps que l'on ne s'est pas vus. Non, pas du tout ! Que puis-je faire pour toi ?

— Oh, rien de spécial, c'est pour proposer quelque chose pour la maison de St Jeannet… Voilà : j'ai un ami qui a vendu sa pharmacie il y a six mois. Il est à la retraite aujourd'hui et s'est retrouvé avec des centaines de boîtes de masques chirurgicaux en stock, invendus, qu'il a dû garder chez lui. Il ne sait pas comment s'en débarrasser. Donc, si un jour vous n'en avez pas assez, dis-le-moi et je le contacte pour lui en acheter.

– Merci, mais non, c'est inutile, on n'en a pas besoin : on les achète à la pharmacie et les médecins, ici, ont tout ce qu'il faut. C'est gentil… c'est pour aider ton ami ?... J'en parlerai à Boissière, mais cela m'étonnerait.

– OK, pas de problème ! Je n'ai pas vu Paulette ? demande Augustin pour vite changer de conversation et afficher ainsi à son interlocuteur un total désintéressement concernant cette histoire de masques.

– Non, elle est en congé… mais Yasmine est là aujourd'hui… Et toi, cela s'est bien passé aujourd'hui ?

– Bien ! répond Augustin, ravi que l'on ait complètement changé de sujet, j'ai même ajouté deux nouvelles chansons : « Mon manège à moi » et « Lili Marlene »…

– Lili Marlene, c'est un peu triste… mais Le Manège c'est une très bonne idée ! Ils doivent tous la connaître ?

– Oui, oui, la plupart l'ont chantonnée…

– Eh bien, à la prochaine fois, dans un mois… porte-toi bien ! lance-t-il souriant.

– Oui merci, à bientôt !

Durant la semaine, pour chaque maison de retraite visitée, Augustin fait la même démarche auprès des responsables d'animation ou directement auprès des directeurs d'établissement.

Il a semé sa petite graine chez chacun d'eux et, si la situation se détériore en France, il espère bien recevoir un coup de téléphone de ces résidences. Même pour les soignants, le nombre de masques doit être juste, voire insuffisant en cas d'épidémie. Il a fait ses calculs et les résultats ont été trop évidents pour lui. Alors, ne parlons pas du personnel et des pensionnaires !

À la fin de la semaine, il est un peu mal à l'aise. Il est très content d'avoir chanté pour les anciens : cela les distrait et les change de leurs longues journées où il ne se passe pas grand-chose, mais le fait de vouloir vendre des masques trois fois leur prix à ces personnes le gêne un peu. « Quoique, ce n'est pas à eux que je les vends, mais à leur maison de retraite. Je fais du business avec une institution, non pas avec les séniors ! » se console-t-il.

# IX

# Épidémie

Les premières mesures de confinement, en Europe, interviennent fin février dans la province de Lodi en Lombardie, pas loin du Piémont où habite la famille de Marina. La « zone rouge », touchant environ 50 000 personnes, est renforcée par les policiers et les Carabiniers[9] qui bouclent la région. Les habitants n'ont pas le droit de quitter leur domicile, sauf pour se ravitailler ou pour se faire soigner. Les écoles ont fermé et tout rassemblement est interdit. Les trains ne s'arrêtent plus dans les gares.

Marina, seule, retourne cependant à Marene pour soutenir sa maman ce dernier week-end de février. Après la mort de son père, elle l'assiste pour faire les démarches administratives nécessaires, pour classer et ranger également les papiers officiels. Elle l'aide à faire ses commissions, à

---

9 Gendarmes italiens

nettoyer et à entretenir le potager. À midi, elles mangent toutes les deux dans la cuisine, tout en regardant le journal télévisé pour apprendre que 1128 personnes sont atteintes du coronavirus en Italie, dont les trois quarts en Lombardie, et qu'il y a aujourd'hui déjà 29 décès dans le pays.

– Il y a des morts aussi à Turin, m'a confié la pharmacienne jeudi, dit la maman à Marina.

– À Milan aussi ! J'ai entendu ça hier à la télé… Ils supposent que le match de foot à San Siro samedi dernier a été un très grand diffuseur du virus.

– L'isolement de la province de Lodi est insuffisant, ils vont sûrement inclure Milan tôt ou tard…

– Tu crois… toute la Lombardie alors ? s'inquiète Marina.

– Et Turin ? Tu oublies Turin… continue la maman.

– J'espère ne pas être bloquée ici demain ! Je travaille lundi… j'ai toutes mes affaires et mes dossiers à Vence…

– Non, je ne crois pas, cela demande trop d'organisation. Ils ne vont pas isoler la région et bloquer les frontières…

– Pourquoi pas ? Ils peuvent le faire ici pour une quinzaine de jours, le temps de contenir la grippe, et moi, je ne veux vraiment pas être coincée ici pendant quinze jours !

Le dimanche soir, Marina passe la frontière facilement, comme si de rien n'était. Elle constate que l'ambiance en France est différente, même indifférente. La situation, cependant, commence peu à peu à se montrer préoccupante, car les Français savent qu'il y a *quelques* morts dans le pays voisin, l'Italie… mais la contagion paraît encore inoffensive. Et c'est pour cela que le club de foot de Lyon avait accueilli la

Juventus, trois jours avant. « La France n'a pas su tirer les leçons de l'exemple italien », dira-t-on plus tard, car depuis le début, les gens ont tendance à sous-estimer les signes et les avertissements venus de l'extérieur. C'est comme les accidents de la route… cela concerne les autres, cela ne peut pas nous arriver. Augustin se souvient de la première page du New-Yorker qui affichait le président américain Trump avec un masque chirurgical sur les yeux, comme s'il ne pouvait pas, ou ne voulait pas voir la pandémie.

Le vendredi suivant, il y a plus de 4000 cas recensés et plus de 200 morts en Italie. Marina décide de ne pas aller rejoindre sa mère le week-end prochain. Le dimanche matin, la zone de quarantaine est élargie au nord de l'Italie et touche 16 millions de personnes. Le surlendemain, le mardi 10 mars, le confinement total est déclaré pour toute l'Italie !

Augustin, le même jour, reçoit un message de Thomas lui indiquant qu'il doit suspendre la venue des bénévoles dans son établissement. Le lendemain, le gouvernement français déclare les visites aux EHPAD[10] interdites à toutes personnes, même aux familles des pensionnaires.

Le président Trump interdit à tous les Européens d'entrer aux États-Unis… excepté les citoyens britanniques ! Augustin est stupéfié par cette annonce, et l'est encore plus lorsqu'il apprend, dans ce pays, les files d'attente devant les magasins d'alcool et surtout devant les magasins d'armes. « Ils voient loin ! Ils ont la crainte du virus, mais aussi des cambriolages et des pillages des futurs chômeurs, peu ou pas indemnisés,

10 Établissement d'hébergement pour personnes âgées dépendantes

et des laissés-pour-compte qui n'auront rien à perdre, vu le peu de protection sociale aux États-Unis », déduit Augustin.

Il se demande toujours si l'inquiétude prend place en France, car les restaurants, les théâtres et les écoles sont toujours ouverts, contrairement à l'Italie.

L'intervention du ministre de la Santé la semaine dernière, concernant les masques, les tests et les gels hydroalcooliques a vraiment étonné Augustin : « Nous sommes depuis des semaines dans l'anticipation. Nous avons et nous garderons un temps d'avance ». Il se demande s'il n'a pas fait une *connerie* en achetant tant de masques en vidant son compte bancaire. Les informations qu'il avait récupérées sur Internet étaient fausses ! Le gouvernement avait des réserves stratégiques et il ne le savait pas.

En Italie, nonobstant le confinement sévère, le nombre de morts dépasse maintenant le millier. La maman de Marina, au téléphone avec sa fille, parle de l'incroyable insouciance des Français face à l'épidémie : « Ils sont totalement inconscients ! Et toi, tu vas toujours à l'école à Sophia ? demande-t-elle, de plus en plus alarmée. Et Augustin, il va voter dimanche ? » continue-t-elle.

Le jeudi soir, Marina apprend enfin la fermeture en France des crèches, écoles, collèges, lycées et universités.

Une multitude croissante de gens font la queue devant les hypermarchés et en sortent avec les chariots pleins. Augustin ne comprend pas bien cette fièvre de stocker tant de nourriture et de produits. Il n'y a aucun risque de pénurie ni de grève à l'horizon. Pourquoi cette peur de manquer ? Le soir Marina lui donne la réponse : « Ce n'est pas la crainte de ne plus avoir de pâtes ou du papier toilette, c'est la peur de revenir faire ses courses et d'attraper le virus ! Alors, ils stockent un maximum pour y retourner le moins possible. »

Deux jours après, le Premier ministre annonce le passage au *stade trois*, le niveau le plus sévère, c'est-à-dire que l'épidémie est bien là, le virus circule dans tout le pays et il faut fermer tous les lieux publics non indispensables : les boîtes de nuit, les bars, les restaurants, la plupart des magasins… mais Augustin est consterné : les élections municipales sont maintenues pour demain dimanche ! Cela confirme donc, contrairement à l'Italie, que l'on peut continuer à se réunir, à s'inviter, à sortir, à se promener, à voyager…

Augustin est allé voter et pour la première fois il n'est pas tranquille : il y a plus de cinq mille cas recensés ce matin en France. Quand il voit les images de Chine, de Corée ou du Japon, tous portent des masques. Il a hésité à en porter un ce matin, car il aurait été le seul à s'afficher avec cela sur le visage… et puis Marina lui en aurait demandé la provenance.

Après son vote, Augustin va à la pharmacie pour acheter du gel hydroalcoolique. Il n'y en a plus. Par curiosité, il demande des masques. C'est la même réponse, avec en plus pour la pharmacie l'interdiction de les vendre au grand public si elle en avait : c'est réservé au personnel soignant.

« Le gouvernement a raconté des salades ! Ils n'en ont pas assez… » se dit-il, tout guilleret de retour chez lui. Il pense alors faire bientôt des démarches pour ses masques auprès des boulangeries, des supérettes, des supermarchés, également auprès des entreprises de transport, des sociétés d'ambulances, de plomberie… « Tous ces gens-là sont indispensables et auront toujours le droit de travailler », se convainc-t-il.

Le lendemain, le président de la République Macron annonce le début du confinement pour quinze jours minimum, en répétant six fois « nous sommes en guerre ». Cependant, il évite soigneusement de prononcer le mot même « confinement » pour ne pas provoquer le sauve-qui-peut. Malgré tout, il y a panique dans les grandes villes. Plus de cinq cent mille Parisiens quittent la capitale pour vivre leur quarantaine dans leurs familles en province ou dans leur résidence secondaire. Des étudiants s'organisent entre eux pour cohabiter et ainsi éviter de vivre seuls l'isolement. Mais d'autres restent immobilisés dans leurs appartements, n'ayant souvent pas le choix et certains, ayant peu de moyens, demeurent seuls et coincés dans des studios d'à peine dix mètres carrés.

Le jour d'après, les avenues des grandes villes, habituellement bondées, sont totalement abandonnées. En regardant la promenade des Anglais à Nice ou les Champs-Élysées à Paris, l'impression est fantomatique : ces immenses allées sont vides, silencieuses, sans âme qui vive, comme si une bombe à neutrons, tuant les gens sans endommager les immeubles, avait explosé.

Marina utilise le télétravail depuis lundi pour donner ses cours. Elle remarque le grand sérieux de ses élèves qui suivent ses leçons avec assiduité. Les enfants préados *jouent le jeu,* car subitement ils appartiennent au monde des adultes. Ils sont souvent plus raisonnables que les anciens et respectent le confinement. Ils ne veulent pas transmettre le virus à leurs grands-parents, même si ces derniers les réclament. Certains, habitués depuis toujours aux écrans, ont ainsi l'opportunité d'apprendre à leurs parents, et parfois à leurs professeurs, des techniques inédites pour utiliser les téléconférences et les outils numériques.

Les consultations médicales sont à présent fréquemment réalisées en visio. Le télétravail est encouragé pour tous ceux qui font un métier non indispensable et qui peuvent l'exercer à distance. Cependant, officiellement, il n'y a pas de liste établie pour ce qui est *indispensable* à la nation. Augustin subodore que ce qui touche à l'alimentaire, la grande distribution, la santé, les transports routiers, certains garages (faut bien réparer…) peut être considéré comme essentiel. « En réfléchissant un peu, tous les secteurs sont importants, car ils sont liés entre eux, c'est un peu comme la chaîne alimentaire de la nature… attention au chaînon manquant ! S'il n'y a pas de cagettes ou de sacs pour transporter les légumes, s'il n'y a plus de palettes pour stocker et transporter les marchandises requises… s'il n'y a plus de gel hydroalcoolique ou tout simplement plus de savon… qu'est-ce qu'on fait ? On s'adapte ? Cela va prendre du temps, beaucoup de temps. Heureusement on en a pour quinze jours ou trois semaines, ce n'est pas dramatique », se dit Augustin.

Il a entendu ce matin un membre de l'exécutif affirmer que pour le gouvernement, la santé a toujours été prioritaire, ce qui l'interpelle. Augustin considère que les priorités ont été apparemment plutôt économiques ces dernières années et *grâce à cela* il y a pénurie de masques, ce qui lui permettra par conséquent de vendre les siens facilement et à bon prix.

Un enfant donne ou aide spontanément. Mais si on commence à récompenser son geste, il aura tendance à donner moins ! Le calcul commence à remplacer le naturel. C'est souvent la même chose avec toute personne honnête, Augustin en est convaincu. La majorité de ces gens-là aide instinctivement son prochain, sans arrière-pensée, et il en voit l'opportunité.

Il téléphone à son ancienne voisine, âgée de plus de quatre-vingts ans, qui a perdu son mari quelques années auparavant. Elle habite maintenant en plein centre de Vence. Un peu forte, mais encore très alerte, malgré les bars fermés, les rues quasi vides et les devantures de magasins abaissées, elle fait ses courses et promène sa petite chienne, Choupette, tous les jours.

Après avoir évoqué l'envie de revenir au temps d'avant le virus, ou d'espérer accélérer la course des jours pour profiter à nouveau de la liberté, Augustin entame la conversation sur le chapitre de la couture.

— Vous savez coudre, Martine ? Je me souviens que vous m'avez cousu les ourlets des rideaux de ma chambre quand je suis revenu de Paris.

– Oui, bien sûr, je faisais mes robes quand j'étais jeune… mais ça fait des années que je n'ai pas sorti ma machine à coudre !

– Eh bien justement, je vous propose de fabriquer des masques pour les aides à domiciles, les aides-soignantes, les livreurs à domicile, les petits commerçants ou même pour les ambulanciers… dit Augustin, en énumérant toutes les personnes susceptibles de rencontrer Martine un jour.

– Oh, mais je n'ai jamais cousu de masques ! Je ne sais pas ce qu'il faut faire ni quel tissu employer !

– J'ai tout ce qu'il faut à la maison : les patrons, les tissus nécessaires, les rouleaux de bandes élastiques et les explications validées par les hôpitaux. Si vous en faites, j'irai les distribuer gratuitement.

– Ah, mais c'est très bien cela ! Si je peux servir à quelque chose…

– Oui, bien sûr, j'ai tout à disposition, je viens vous voir demain matin, si vous voulez ?

– Parfait, venez à neuf heures, en attendant je regarde les tissus que j'ai en réserve et je ressors ma machine… je ne l'ai pas utilisée depuis si longtemps !

– À bientôt, Martine, à demain !

# X

# Confinement

Quand tout le monde reste chez soi, c'est évident, la propagation du virus est ralentie. Cela permet de désengorger les hôpitaux et les services de réanimation.

On peut surveiller, soulager, renforcer, soigner, réanimer 65 millions de Français, mais pas tous le même jour ! Donc il faut étaler dans le temps pour éviter la saturation des hôpitaux, d'où le confinement.

Augustin est bien embêté : comment circuler pour vendre ses masques ?

Il y a longtemps que l'on demande de se laver constamment les mains après tout contact, de tousser dans son coude pour éviter les postillons et de garder un mètre de distance avec son voisin, mais aujourd'hui il y a une contrainte supplémentaire : ne plus sortir de chez soi, à moins de compléter une *attestation de déplacement dérogatoire*, un permis de circuler en quelque sorte, rempli et dûment signé par ses soins. Une auto-autorisation, un *Ausweis* que l'on se fabrique chez soi pour franchir le seuil de sa porte.

Si l'on ne suit pas les directives de la quarantaine, la sanction est de 135 €. « Ce n'est pas donné ! Mais c'est mieux que la bastonnade réglementaire » se console-t-il. En effet, en Inde, celui qui déroge aux prescriptions du confinement est frappé à coup de bâton par la police : les gens sont trop pauvres pour payer. Un homme battu avait répondu : « Si je ne sors pas, je meurs de faim. »

Augustin cherche un motif acceptable qui serait indispensable aux yeux de la police pour justifier ses futurs déplacements. Car on ne sort pas comme ça ! Il faut un motif valable aux yeux du nouveau décret. Il se creuse la tête, car ses tournées pour vendre ses masques risquent d'être fréquentes. Il ne peut pas évoquer le lieu de travail (indispensable) puisqu'il n'est plus en activité, ni une banale visite chez le médecin, car non urgente, ni une garde d'enfants, ni une assistance à sa maman ou à son papa… qui sont décédés depuis dix ans. Pour soi-disant pratiquer le sport autour de chez lui, même déguisé en jogger, il aurait du mal à expliquer le besoin de prendre sa voiture ou d'être si éloigné de sa maison.

En relisant l'attestation, il aperçoit le motif suivant : *Participation à des missions d'intérêt général,* mais, malheureusement pour lui, suivi de *sur demande de l'autorité administrative.*

Augustin réfléchit : « Pourquoi ne pas jouer l'innocent ? Je livre des masques pour le bien d'autrui… et puis je me trompe de case, en cochant le motif *assistance aux personnes vulnérables*, pour éviter l'autorisation administrative. Hum, c'est un peu compliqué tout cela. Si je joue à l'ignorant je me ferai gauler, c'est sûr ! Au pire, je payerais une amende de 135 euros, qui serait amortie au bout de quatre boîtes vendues ! »

Le lundi 23 mars au matin, Augustin reçoit un appel de l'animatrice de la maison de repos de Vence.

— Bonjour, Augustin, c'est Alexandra, je ne vous dérange pas ?

— Bonjour, non, pas du tout !

— La proposition que vous nous avez faite sur les masques, il y a un mois, est-elle toujours valable ?

— Oui, bien sûr. J'ai beaucoup de demandes en ce moment, vous vous en doutez ! improvise-t-il.

— Nous serions intéressés pour en avoir, est-ce possible ?

— Oui, vous avez besoin de combien de masques ?

— Une centaine…

— Deux boîtes…

Augustin hésite, puis se lance :

— Ce qui ferait cent euros…

— Bon, ce sont des masques chirurgicaux ?

— Oui…

— Et quand est-ce que vous pouvez nous les livrer ?

— J'ai encore trois boîtes actuellement en stock, dit-il, toujours avec le même aplomb, et comme vous en commandez seulement deux, je peux vous les livrer tout de suite, demain matin vers dix heures, si vous voulez.

– Oh ! Très bien, je serai à l'accueil… je vous paye en chèque ?

– Euh non… en liquide si c'est possible, car mon ami est un peu gêné et il…

– OK, pas de soucis ! coupe Alexandra. À demain !

– À demain, au revoir.

Ça y est ! C'est sa première vente. Augustin a les mains moites et il est un peu essoufflé. Son plan a l'air de fonctionner. « Deux boîtes achetées 30 euros vendues 100 euros, ça commence bien, se dit-il, pourvu que ça continue : j'ai plus de mille boîtes à écouler. Et j'ai aussi la vingtaine de masques de Martine dont un déjà vendu quinze euros à la boulangère ». « Ils sont lavables une vingtaine de fois », avait-il argumenté, sans en être sûr.

Dans les EHPAD, le personnel, ainsi que leurs pensionnaires, a besoin de masques comme dans les hôpitaux. D'après certains sondages, on dénombre un pour cent de morts parmi les personnes contaminées, mais le pourcentage monte à quinze pour cent pour les personnes âgées dans les EHPAD, car plus fragiles. Aussi elles sont peu transportables et supporteraient difficilement un coma artificiel.

Les spécialistes ont constaté aussi que les enfants étaient souvent porteurs du virus sans le savoir. C'est pour cela que très tôt, les visites des petits-enfants chez les grands-parents ont été interdites, chez eux comme dans les maisons de retraite. Ce qui est bien fâcheux : pour tous ceux qui travaillent à l'extérieur, souvent la grand-mère sert de garderie. Alors, spontanément, des bénévoles se sont organisés pour garder les enfants du personnel soignant et les enfants d'autres personnes dont la présence au travail est indispensable. Et ce sont les employés de ces métiers qui ont énormément de mal à obtenir des masques. Augustin les a donc contactés.

Les jours suivants, il reçoit beaucoup d'appels. Un grand nombre de « prospects » qu'il avait approchés ont un besoin de plus en plus pressant de masques : transporteurs, électriciens, plombiers, petits livreurs, caissières… Pendant ses tournées, Augustin rencontre rarement des policiers. Il ne s'est fait arrêter qu'une seule fois en une semaine et le fait de « vendre » des masques a été considéré par les forces de l'ordre comme une *démarche sanitaire nécessaire*. Il n'aurait jamais trouvé cette formule tout seul, mais se la réserve pour un prochain contrôle éventuel.

Quand Augustin reçoit un appel pour des masques en présence de Marina, il ne répond pas et prétexte un appel de l'assurance, de la banque ou de ses maisons de retraite où il allait chanter avant le confinement. « Je rappellerai plus tard, ils me cassent les pieds maintenant », se justifie-t-il à chaque fois. Quelques heures après, il téléphone dans le jardin, pendant que Marina dispense ses cours à distance, pardon, en distanciel, devant son écran.

Pour cacher ses livraisons à sa femme, il charge discrètement la voiture, généralement la veille, et feint d'aller acheter du pain frais ou bien accoutré en coureur, une sortie jogging.

— Pourquoi tu prends la voiture ? Tu peux courir autour de la maison sans problème en prenant le chemin de terre derrière l'église… Tu sais bien que t'as pas le droit de t'éloigner de plus d'un kilomètre… tu peux te faire prendre !

— Oui, je sais, mais j'en ai marre de faire toujours le même circuit ! Je vais courir vers les terrains de tennis, c'est plus sympa et puis y a personne là-bas… ce n'est pas si loin.

— Bon, OK, tu fais ce que tu veux, mais ne viens pas te plaindre si tu payes une amende !

— Non, non, t'inquiète.

Un matin il entend à la radio que « le masque est inutile quand on n'est pas malade ». Surpris et légèrement préoccupé pour son business, Augustin ne comprend pas tout de suite cette affirmation, sachant qu'il y a des porteurs du virus asymptomatiques. Peu de temps après, à la même station de radio, il entend des dentistes se plaindre, car leurs stocks diminuent à vue d'œil et ils vont bientôt *manquer cruellement* de masques. Il sourit, car il déchiffre que l'assertion du porte-parole est encore une façon d'en cacher le manque.

Un soir, à neuf heures, Marina entend les sirènes annonçant le couvre-feu : « Ça devient vraiment sinistre », dit-elle à Augustin, qui regardait à la télé l'allocution du président italien annonçant le prolongement du confinement jusqu'au 4 mai, *pour ne pas gâcher les sacrifices consentis.*

Augustin comprend le prolongement des confinements, car en Italie il y a 20 000 morts et en France déjà 15 000.

Cependant, le Royaume-Uni, peu touché il y a deux semaines, croyait être à l'abri. Son Premier ministre provoquait même les Cassandres en serrant les mains des malades. Aujourd'hui, le Royaume-Uni compte 12 000 morts et la progression du virus est fulgurante. Le prince Charles est atteint du Coronavirus, ainsi que l'exubérant premier ministre, Boris Johnson, et son ministre de la Santé. Ça fait désordre. Dans quelques semaines, prédisent les experts, la Grande-Bretagne dépassera tous les pays européens.

Les États-Unis, eux, ont plus de 25 000 morts et le pays sera le principal foyer du virus : *le futur épicentre de la pandémie mondiale de Coronavirus.*

Tout cela n'est pas réjouissant, mais Augustin a vendu plus de trois cents boîtes et récupéré plus de 20 000 euros. Il avait dépensé à l'époque 17 100 euros pour investir dans l'achat de ses masques. En ayant vendu même pas le tiers, il est déjà rentré dans ses frais… et avec déjà 3000 euros de gain. Toutes les ventes futures seront donc du bénéfice pur. Depuis quelque temps, il écoule la boîte, achetée 15 euros au départ, à 60 euros. Il pense même les vendre encore plus cher, tellement les gens sont demandeurs.

# XI

## Observations

– On est vraiment les seuls à respecter le confinement, dit Marina.

– Oui, il y a Jean-Pierre qui va voir sa copine à Menton, Laurent qui va courir à dix kilomètres de chez lui et Lucile qui va se promener deux heures au bord de la mer… Ils exagèrent ! Comment veux-tu que le confinement en France soit efficace ? continue Augustin, pas du tout gêné par les propos qu'il vient d'émettre.

– Oh, toi, tu vas parfois courir derrière les tennis des Cayrons !

– Oui, mais ce n'est pas si loin, dit-il, de mauvaise foi.

Marina et Augustin sont devant l'écran de l'ordinateur : ils viennent de finir un apéritif virtuel. Depuis quelques semaines, tous les samedis à sept heures, plusieurs amis se connectent et se voient en vidéoconférence chacun chez soi, tout en grignotant des cacahouètes et sirotant des bières ou des boissons amères.

Depuis l'isolement, les personnes utilisent énormément les outils de communication tels que Whatsapp, Skype, Zoom, FaceTime… La vidéo en direct est adoptée, par exemple, tous les soirs entre Marina et sa maman, ainsi qu'entre elle et ses amis quand l'occasion se présente. Auparavant, les amis s'envoyaient plutôt des messages et se téléphonaient rarement. Le message est plus commode, cela permet de ne pas répondre, ou de le faire plus tardivement en réfléchissant bien à la réponse pour éviter toute répartie précipitée et inappropriée ou des lapsus. Et puis cela laisse des traces écrites : « C'est à quelle heure déjà, le rendez-vous ? ». Entre conjoints cela évite toute étourderie fatale ! Entre la jeune fille et sa mère également : « J'étais avec Alexia » – « Cela m'étonnerait parce que je viens de voir Alexia sortir de chez le coiffeur » - « Euh, je voulais dire avec Vicky » – « Tu ne serais pas avec Bruno par hasard ? ». Avec la messagerie, on a le temps de se tourner sept fois les pouces avant de taper son message, ou bien carrément éteindre son cellulaire : « Je n'avais plus de batterie, maman. »

On se voit donc plus qu'auparavant, même si cela est à travers un écran. Si les gens se téléphonaient avant la quarantaine, c'était le plus souvent en cas d'urgence, pour avoir une réponse immédiate : « T'es où là ? ». Aujourd'hui, c'est plus facile de savoir où sont nos amis : ils sont chez eux confinés !

À l'époque des grandes épidémies du passé, la communication n'était pas si aisée. Dans ces temps-là, une ville était isolée sévèrement pour limiter la propagation de la lèpre ou de la peste et Marina n'aurait pas pu voir sa maman ni lui parler… ni lui écrire (pas d'échange avec l'extérieur, pas de journaux ni de courrier). Les familles devaient attendre la fin de la quarantaine pour savoir si leurs proches, qui avaient été isolés, étaient encore vivants.

Aujourd'hui, avec le confinement, il y a un besoin de se voir depuis qu'il est difficile de le faire physiquement. Augustin remarque que le besoin de pallier ce manque de contact naturel se retrouve chez les voisins, qui se parlent plus facilement : dans la rue, dans la cage de l'escalier, de balcon à balcon ou de jardin à jardin. Quand il va courir, les passants ou d'autres coureurs lui disent bonjour plus spontanément. D'habitude, il saluait en premier et la personne répondait par un vague signe de la main ou par un imperceptible hochement de tête. Là, il est devancé par un bonjour franc et parfois agrémenté d'un sourire.

Cependant, de plus en plus souvent, les passants, avant de se croiser, s'écartent voire traversent le chemin pour en rejoindre le bord opposé, ou changent de trottoir quand il y en a un. La méfiance a fait son apparition. Les visages se couvrent, les libertés s'amenuisent et la surveillance s'accroît.

Autrefois, lors des épidémies antérieures, on enfermait le pestiféré et son entourage immédiat dans leurs maisons et, s'ils avaient le droit (et la force) de se déplacer, il fallait pouvoir les repérer. Pour cela, les personnes contagieuses devaient se munir d'un drap rouge distinctif et porter un instrument que leur entourage immédiat pût entendre… disons à une portée de Bluetooth : ils agitaient avec la main une claquette en bois ou tournicotaient une crécelle pour créer le vide devant leur passage.

L'exploitation des données personnelles, contrairement à l'Occident, n'est pas un problème en Chine où la population, selon toute apparence, préfère la sécurité à la liberté. Et il existe une sorte de crécelle électronique, téléchargée sur son cellulaire, qui informe le citoyen chinois sur tout contact « étroit » avec des personnes infectées par le Covid. Ce dispositif, de l'avis d'Augustin, est moins efficace que l'instrument sonore du Moyen-âge : sans bip du contagieux et sans signe révélateur, comme le drap rouge, le propriétaire du cellulaire risque de ne pas se décaler à temps à la rencontre du *malsain*. Dans ce cas, les recommandations du *système* indiquent à l'étourdi, spontanément, mais en retard, la marche à suivre, à savoir :

Restez (maintenant) à la maison, ou

Contactez les autoritaires sanitaires.

Suite au message, si la personne est suspecte, elle ne peut pratiquement plus se déplacer ni avoir accès aux transports en commun ou à la plupart des centres commerciaux, elle est également tracée électroniquement dès qu'elle sort de chez elle. Augustin trouve cela très efficace pour juguler le Coronavirus : il est normal d'avoir des restrictions en temps d'épidémie. « Oui, mais, continue-t-il à penser, il ne faudrait pas qu'elles soient trop longtemps liberticides ! Qu'elles ne se prolongent pas après la pandémie. Qu'elles ne restent pas en place pour d'autres raisons, comme par exemple, lutter contre les attentats, les agressions, les assassinats. Qu'elles deviennent permanentes ». Pour le moment, Augustin accepte que le gouvernement bienveillant le prenne pour un enfant et l'empêche de se déplacer sans *autorisation*. C'est pour la bonne cause, mais cela l'importune dans ses petites affaires. Il aurait peut-être fait du business dans toute la France… et pourquoi pas de l'import-export ! Il admet cependant un petit avantage en cette période de confinement : l'essence est moins chère (car le pétrole est au plus bas, avec l'or coté au plus haut) et les routes sont dégagées.

Alors, des animaux sauvages les traversent parfois et s'aventurent même dans les rues des villes « abandonnées ». La qualité de l'air s'est nettement améliorée. Cependant, cet immobilisme est teinté de désenchantement : la vie est absente et c'est angoissant pour celui qui parcourt, en solitaire, ces endroits qu'il a connus animés il y a encore quelques jours. L'aéroport d'Orly a fermé et l'immense place Saint-Pierre à Rome, habituellement grouillante de monde, en particulier un Vendredi saint, est également déserte. Jamais la place n'avait livré un spectacle si irréel, dans le silence avec une cérémonie sans aucun fidèle, avec un Pape tout seul pour célébrer la messe. Une image inattendue, presque de science-fiction, qui restera sûrement longtemps dans la mémoire de Marina, qui a suivi la cérémonie du chemin de croix à la télévision.

De toute façon, aujourd'hui, les messes ne sont plus célébrées. Même pour un enterrement, il n'y a qu'une simple « célébration », le nombre des proches est limité, il n'y a plus de registre de condoléances et il n'est pas possible de toucher le cercueil. Au départ, le malade du Coronavirus est isolé, ensuite il meurt seul, et pour finir, la plupart de sa famille est empêchée de l'accompagner dans son dernier voyage. Marina a appris il y a une semaine le décès du voisin de sa maman à Marene, qu'elle connaissait depuis son enfance. Lui aussi est mort du Covid. Sa fille, une amie de toujours de Marina, lui a expliqué que la mise en bière fut immédiate et qu'elle n'a pas pu voir son père avant la fermeture définitive du cercueil. L'enterrement qui a suivi s'est déroulé hâtivement avec seulement deux personnes autorisées : la veuve et un seul des enfants. « Quel contraste avec l'enterrement du père de Marina ! » s'est dit Augustin, lorsqu'il a appris l'événement.

Il y a encore peu de temps, à Bergame, personne n'était admis et ne suivait une quelconque cérémonie, car il y avait un ensevelissement toutes les trente minutes ! Les services funéraires de la ville étaient débordés. La chapelle du crématorium avait été vidée de ses bancs, pour faire de la place aux cercueils : elle en était encombrée. L'armée a été mobilisée pour déplacer les cadavres. La nuit du 19 mars, 15 camions et 50 soldats ont été mobilisés pour transférer les corps trop nombreux vers les provinces voisines. Une impression terrible pour ces familles qui n'ont pu qu'entrevoir et saluer ce long convoi de camions évacuant les corps de leurs disparus.

Dans le monde des vivants et des biens portants, Augustin n'est pas seul, car il vit confiné avec sa femme Marina. Il estime avoir de la chance. Ce n'est pas le cas pour tous les amoureux qui vivent en célibataire. Il y a des escapades, bien sûr : ils bravent l'interdit et également leur rencontre a d'autant plus de sel. Certains vivent avec leur conjoint et, malgré cela, supportent mal cette contrainte permanente et obligatoire. Cet enfermement amplifie les problèmes des couples fragiles. Le nombre de femmes battues également augmente sensiblement.

Une vidéo, qui se veut humoristique, présente un homme à qui on propose une alternative : « Choix A, vous restez à la maison avec votre femme et vos enfants, choix B... » L'homme interrogé coupe immédiatement le présentateur sans attendre la suite de la question pour répondre « B, le choix B ! ». Vivre en famille ne plaît pas à tout le monde, suivant le nombre de mètres carrés du logement et depuis qu'il est interdit pour certains de *s'échapper* en allant à leur travail.

Tous les soirs à la télévision, on découvre les chiffres sombres des victimes du Coronavirus. Ces statistiques mettent en relief quel pays a le plus de morts, le plus de cas avérés, la plus grande progression sur les derniers jours... ce décompte est macabre, mais les gens veulent savoir... si leur pays est bien ou mal placé dans cette course funèbre. Les Français ont eu un plaisir malsain à voir les États-Unis les dépasser, ils ont été encore plus heureux de voir les Anglais les doubler. Les Français auraient bien voulu également être plus performants que leurs voisins allemands, mais malheureusement, cela n'a pas été possible : « ils » se sont organisés davantage et ont anticipé les tests. Ce qui n'a pas affaibli le gouvernement français, malgré le nombre insuffisant de tests, de masques et de gel, qui a réagi promptement en créant une logistique appropriée. Il déleste les hôpitaux saturés à l'est et en Île de France en évacuant les malades vers les zones à l'ouest et au sud du pays moins contaminés, comme les blessés pendant la Grande Guerre en 1914. Il installe aussi un hôpital de campagne militaire à Mulhouse, zone la plus touchée. Les salles de réanimation se multiplient, plusieurs usines se convertissent pour fabriquer des masques ou des respirateurs artificiels, les pharmaciens dans leurs officines et des entreprises de luxe produisent du gel hydroalcoolique, les cliniques se proposent naturellement à soulager les hôpitaux. Les médecins de diverses régions, peu ou pas touchées par la calamité, et ceux en retraite partent soutenir leurs confrères épuisés.

Il y a le côté un peu détestable du français qui fait des provisions au-delà du raisonnable sans penser au suivant, celui de la délation (des jaloux, des envieux, des personnes âgées qui ont peur)… mais il y a aussi le côté remarquable de celui qui ne compte pas ses heures et celui du bénévolat. Tout le personnel soignant est respecté actuellement au point d'être applaudi tous les soirs sur les balcons à huit heures exactes. Tous ceux qui sont en première ligne mettent leur vie en danger, cela a été le cas surtout au début, quand ils manquaient lourdement de masques ou de visières, de gel ou de gants. Un médecin de campagne se comparait à un soldat sans munition partant à la guerre. Toujours est-il que toutes ces personnes, professionnels ou amateurs, instinctivement sont parties au front sans se poser de questions.

En 14-18, les femmes participaient à l'effort de guerre officiellement dans les usines et dans la Deuxième Guerre sont apparues les résistantes. Dans cette nouvelle guerre sanitaire, elles sont pour la première fois en première ligne, sans distinction. Elles sont au front et il y a autant de femmes que d'hommes qui risquent leurs vies.

Elles sont, comme les hommes du personnel soignant, remerciées et applaudies, mais il n'y a pas de romantisme, la situation est difficilement acceptable.

Début avril, une doctoresse, en Espagne, voit trop de patients surgir simultanément dans son service et, malheureusement, elle doit faire un choix : le nombre de lits en soins intensifs est insuffisant. Au début, ceux acceptés ont moins de 90 ans. Le lendemain la barre baisse à 80 ans. Deux jours après, elle est abaissée à 70 ans. Il est prévu de la descendre bientôt à 65 ans… mais cette ligne n'est pas franchie.

– J'ai dû refuser, hier, une femme de 72 ans qui aurait eu encore de longues années à vivre… elle avait le même âge que ma mère. Je pense parfois devenir folle, disait-elle. J'ai fait des études pour sauver des vies alors que j'euthanasie des êtres humains en administrant des sédatifs !

Heureusement, en France, on a évité le pire. Les médecins n'ont pas eu à choisir le condamné qui n'aurait pas eu la chance d'être assisté, par manque de place. Toi, oui… toi non, t'es trop vieux.

# XII

## Le Pot aux roses

On voit abondamment des scènes vidéo comiques sur les réseaux sociaux qui ont trait au confinement : on aperçoit une personne qui sort en cachette de sa maison en passant par sa fenêtre, fait quelques pas et soudain une alarme se déclenche ! Ou bien… un homme, dans sa cuisine, explique à sa famille comment faire du sport malgré l'espace restreint de l'appartement… il verse un peu d'eau et du liquide vaisselle sur le carrelage, s'appuie sur l'évier et marche sur place comme s'il était sur un tapis roulant. Ou bien… une adolescente s'habille, se maquille et se met en talons hauts. Sa mère lui rappelle qu'elle ne doit pas sortir en cette période. « Je vais dans la cuisine », lui explique-t-elle.

Beaucoup de personnes se fabriquent de petits films pour les amis, pour des fêtes et des anniversaires. Les vidéos se font de plus en plus sophistiquées avec des montages, de la musique, des voix off, des photos ou des anciens films qui s'enchaînent. Des chansons populaires sont parodiées avec des textes amusants décrivant certaines attitudes inhabituelles de citoyens en cette période, ou montrant l'incohérence flagrante de quelques décisions prises par le gouvernement qui, subissant cette période inédite, navigue un peu à vue.

Des artistes en herbe se mettent au balcon pour chanter à la ronde et les voisins applaudissent. Souvent, dans un quartier, plusieurs voisins chantent à l'unisson. À Bamberg, ville bavaroise en Allemagne, dans une cour intérieure, une trentaine de personnes ont chanté de leur balcon et de leurs fenêtres « Bella ciao » par solidarité avec les Italiens quand ces derniers supportaient les instants les plus forts de la pandémie.

Des inconnus laissent des petits mots de remerciement sur les portes des hôpitaux, des boulangeries ou sur les poubelles pour tous ceux qui travaillent malgré la contagion et le manque de protection.

Aujourd'hui, en catimini, Augustin sort une boîte de masques du garage-remise. Il la présente à Marina et déclare qu'il l'a acheté ce matin à la pharmacie en allant acheter du pain.

— Quand on m'a dit qu'il y en avait à la pharmacie, j'ai foncé pour en acheter.

— Mais ils ont le droit d'en vendre aux particuliers ?

— Euh… je ne sais pas ! répond Augustin, surpris par cette très bonne question.

— C'est bizarre…

– À mon avis, cela doit être seulement pour les masques FFP2[11], pour les autres peut-être pas, essaie d'argumenter Augustin.

– Ça m'étonnerait, à moins… dit Marina en prenant la boîte des mains d'Augustin et la retournant dans tous les sens… que la date soit périmée…

– Ah oui, ça c'est possible, dit Augustin, se creusant furieusement la tête pour trouver une autre réponse plausible, persuadé que la date sera correcte.

– Ben tiens ! Qu'est-ce que je te disais ! Regarde la boîte ! Elle sera périmée le mois prochain, c'est pour ça qu'ils les vendent tout de suite, c'est pour les écouler… ce sont vraiment des gens qui ne pensent qu'au fric !

– Ah, oui… dit Augustin reprenant la boîte et inspectant la date salvatrice. Cette fois-ci, il a senti le vent du boulet.

Marina ne se rend encore pas compte qu'il est exceptionnel d'avoir une boîte de masques en cette période. Heureusement pour Augustin, car il aurait eu encore plus de mal à répondre aux doutes de sa tendre épouse. Bien que, de plus en plus, des couturières charitables confectionnent des masques. Également, des ateliers de couture se convertissent, car il y a encore très peu de monde qui a des masques à disposition. Mais les Français s'organisent petit à petit.

Grâce à cette chaîne de solidarité qui éclot pendant ce confinement, les personnes âgées par exemple, peu autonomes avec très peu de ressources, isolées, continuent à se faire livrer leurs courses ou leurs médicaments chez elles.

---

11 Pièce Faciale Filtrante. Le FFP2 permet de protéger les autres, mais aussi se protéger soi-même.

Ce sont des voisins ou la fille, la petite-nièce ou le petit-fils ou encore des bénévoles qui, spontanément, leur apportent de loin, sur le palier ou sur le rebord de leur fenêtre des légumes, des fraises, du pain ou encore des bouquets de fleurs, ou tout simplement offrent leur présence par-dessus le portail du jardin.

— Coucou, madame Dupaillon, comment ça va aujourd'hui ?

— Hooooo, ça va, je n'ai pas trop mal à la jambe aujourd'hui…

— Votre petite-fille vous a appelée ?

— Oui, Rosa et sa fille Églantine m'ont appelée hier soir… heureusement qu'il y a encore le téléphone !

— Faudrait que vous ayez une tablette…

— Une tablette ?

— Oui, pour les voir sur un écran.

— Ouh, là ! Moi ces trucs modernes, je ne sais jamais les faire marcher… Ma petite fille m'a expliqué cet été, mais je n'arrive jamais à les allumer ou à les éteindre… et encore moins à utiliser le scribe.

— Skype…

— Oui le scraïpe, tandis qu'avec le téléphone, hop ! On décroche et ça y est, ça marche tout de suite.

— Oui, mais vous pourriez vous voir…

— Parfois je ne suis pas belle ou je suis tout ébouriffée, je sors du lit ou je n'ai pas encore fait ma toilette… vaut mieux pas ! Et puis ça fait plus d'un mois que la coiffeuse n'est pas venue me voir !

Les aides-soignantes continuent cependant à faire leurs tournées plus que jamais, avec toujours la peur de transmettre le virus à ces personnes abandonnées et fragiles qui les attendent toute la semaine ou tous les jours. Les *anciens* sont seuls, mais veulent à l'évidence rester chez eux avec leurs souvenirs et leurs repères, toutefois ces visites pour eux sont un vrai réconfort. Il ne faut pas oublier que la rencontre avec les petits-enfants est interdite.

Il y a des livreurs bienveillants qui, sans y être obligés, continuent à distribuer les journaux dans leur quartier tous les matins. Les associations loi 1901 sont toujours bien là, mais elles sont submergées : il y a de plus en plus de démunis, des familles monoparentales, mais aussi des étudiants, qui s'en sortaient avant grâce à des CDD[12] ou à des petits boulots, ou encore des SDF[13] qui, les rues étant vides, ne peuvent plus mendier ou faire de petits jobs à la sauvette pour gagner de quoi manger. Le choc est autant économique que sanitaire. Aujourd'hui, le pays est quasi à l'arrêt. Maintenant l'approvisionnement devient un sérieux problème pour les associations à but non lucratif, qui se ravitaillent par des dons et des surplus de marchés et de supermarchés. Elles commencent à rationner.

Cette crise est un révélateur de l'inégalité sociale qui s'accentue de jour en jour. La cantine, désormais fermée, était le principal repas de la journée pour les enfants de familles précaires. Dans les habitations les plus pauvres, il y a

---

12 Contrat à Durée Déterminée

13 Sans Domicile Fixe

rarement un ordinateur pour chacun des enfants, et le wifi[14] ou l'Internet lui-même est trop faible, horriblement lent, car saturé, ou aléatoire ou encore trop souvent absent : les cours en visio directs sont donc difficilement suivis pour une catégorie d'enfants. Et les plus mauvais élèves décrochent.

Pour Augustin, ce n'est pas le cas : l'Internet et le wifi marchent parfaitement, Marina peut ainsi donner ses cours en visio correctement et lui, il peut travailler ses chansons avec son ordinateur.

Il n'a aucun problème non plus d'approvisionnement concernant la nourriture. D'ailleurs, cet après-midi, il va faire les courses de la semaine avec Marina. Ils partent à deux voitures (pour les utiliser le plus possible et, de la sorte, entretenir leurs batteries). Ils se partagent ainsi les tâches. Ils vont à la supérette pas loin de chez eux. C'est plus aisé… mais cela devient plus cher, au fil des semaines. Ils ne s'éloignent pas immodérément de leur maison pour affronter la foule dans un hypermarché. Ils s'écartent au contraire à peu distance de chez eux pour faire leurs achats chez les petits commerçants ou dans une supérette : ils préfèrent éviter la cohue et la queue.

Marina met un masque pour la première fois (contrairement à Augustin qui a déjà utilisé mainte fois ses masques, stockés dans sa voiture, durant ses tournées). Elle mettait auparavant un foulard, autour de son visage, qui se défaisait continuellement. Aujourd'hui, avec le masque chirurgical, elle respire mieux et il s'ajuste nettement plus facilement. Chacun a sa liste de courses et de produits à

14 Communication sans fil entre ordinateur et réseau Internet.

acheter : Augustin s'occupe de la viande, des packs d'eau, des boîtes de conserves et Marina des produits laitiers, des légumes et des fruits. À deux, ça va plus vite et on profite de la grande sortie de la semaine… cela remplace le restaurant !

De retour des courses, après avoir tout rangé dans les placards et le réfrigérateur, Marina va immédiatement dans le jardin pour couper des iris magnifiques, qu'elle a repérés au moment de décharger la voiture, pour agrémenter le séjour d'un beau bouquet. Augustin, lui, se prépare un café pour se récompenser de l'expédition de la semaine et s'installe dans le séjour. Au bout de dix minutes, il entend la porte d'entrée s'ouvrir, mais elle ne se referme pas… au bout de quelques secondes, il se retourne et voit Marina immobile sur le pas de la porte, une boîte de masques dans la main… Augustin ressent tout à coup comme une sueur froide dans son dos.

— J'ai été chercher le sécateur dans le garage et j'ai vu tous ces cartons et ces boîtes… c'est quoi tout ce bazar ? dit Marina d'une voix posée.

— C'est des masques pour… commence Augustin.

Il pensait que Marina n'irait jamais chercher dans le garage des outils de jardin comme la tondeuse, ou le taille-haie, surtout en hiver… mais il n'avait pas pensé au sécateur !

— Pour ?

— Pour les maisons de repos… je dois leur livrer des masques.

Le calme de Marina n'augure rien de bon.

— Comme la boîte de masques de ce matin, je suppose ? dit-elle avec toujours la même quiétude, tu me prends pour une gourde ? J'ai regardé et vu les factures dans les cartons, elles datent de plus d'un mois !

— Oui, je les ai achetés à l'époque pour les livrer bientôt, car ils en auront besoin, s'enfonce inexorablement Augustin.

— C'est cela, tu vas leur offrir des masques… c'est-à-dire que t'as dépensé au moins dix mille euros, je ne sais pas le nombre exact de boîtes que t'as acheté… tout cela pour faire plaisir ! Tu te fous carrément de moi ! dit-elle en haussant imperceptiblement le ton.

— Ben non, je les fais payer…

— Ouais, tu fais des bénéfices ! J'en suis sûre ! Et sur le dos de ces pauvres vieux chez qui tu vas chanter pour avoir bonne conscience et qui vont mourir aujourd'hui tous seuls ! T'es comme ceux qui prônent la paix et qui vendent des armes par-derrière !

— Il ne faut pas exagérer, Marina… et je fais un petit bénéfice…

— Ah, tu l'avoues ! s'écrie-t-elle. C'est écœurant, de se faire de l'argent sur ces malheureux…

Marina se tait. Augustin est totalement à court d'arguments et ne bronche pas. Sa femme ferme la porte derrière elle, se dirige vers la cuisine, prend un torchon et essuie énergiquement la table qui n'en a pas du tout besoin. Au bout de quelques secondes, elle s'arrête, recule d'un pas et le toise.

— Tu as dû déjà faire des dizaines de tournées ces derniers temps pour vendre tes masques ? Il y a plein de cartons vides.

— …

– Écoute, c'est très risqué ce que tu fais, je parle d'un point de vue sanitaire. Tu peux attraper le Covid à tout moment, continue-t-elle avec calme.

– Oui, c'est vrai, mais je fais attention, dit Augustin d'une voix inaudible, sans savoir où Marina veut en venir.

– C'est très dangereux… Écoute, je vais m'installer avec toutes mes affaires au rez-de-jardin et on communiquera avec le portable. Il ne faut surtout pas qu'il y ait de contact, tu comprends cela Augustin ?

– Oui....

Quelques minutes après, Marina commence à transporter tous ses vêtements, chaussures, affaires de toilette, dossiers, appareil photo, valises, ordinateurs, sans oublier une partie des commissions de la semaine… bref, un vrai déménagement. Le rez-de-jardin a déjà été loué plusieurs fois et il y a tout ce qu'il faut : une cuisine, une salle de bain, une chambre et un séjour y sont aménagés avec une deuxième porte d'entrée indépendante, donnant sur l'extérieur.

Au bout d'une heure de va-et-vient, Marina descend pour la dernière fois l'escalier.

– Quand tu auras fini ton trafic, tu me feras signe, dit-elle, avant de fermer la porte de l'escalier séparant les deux futurs espaces de vie.

Augustin entend tourner définitivement la clef de la porte de l'escalier.

# XIII

## Business

Augustin a entreposé ses gains dans son garage, en argent liquide, dans une ancienne boîte à biscuit en fer blanc, dissimulée derrière d'anciens bidons vides d'huile à moteur.

Il a déjà gagné trente mille euros nets avec la moitié de son stock, il ne va pas s'arrêter là pour des raisons d'éthique ! « Elle dramatise un peu trop, estime-t-il, je ne les ai pas volés ces masques ! »

Certes, il fait des supers-bénéfices, mais c'est un petit joueur à côté des lobbies pharmaceutiques.

D'accord, il vend aussi les masques en tissu à quinze euros pièce, mais il faut bien les distribuer… et ça permet à Martine de faire une bonne action. En une semaine, il en a récupéré plus que prévu, car Martine s'était vantée de participer à la lutte contre le Coronavirus en fabriquant des masques à la femme du libraire, Huguette, une personne un peu maigre, mais toujours souriante, ressemblant un peu à Olive, la femme de Popeye[15]. Elle a cessé son activité il y a une dizaine d'années. Martine en a parlé également à sa voisine d'en face Yvonne, une femme vivant seule depuis la mort de son mari ancien boucher, il y a plus de quinze ans. C'est une femme petite, encore très agile, la tête toute ronde, teintée en brune avec des cheveux coupés à la Jeanne d'Arc.

Quand Augustin est parti ce matin prendre les quelques masques de Martine, il apprend qu'il y en a plus de quatre-vingts à disposition, de toutes les couleurs, unis ou ornés de fleurs ou bien avec d'autres motifs originaux ou hétéroclites ! C'est à celle qui travaille le plus rapidement ou qui se dévoile la plus originale. Augustin pense soudainement créer des masques plus tard avec les couleurs des équipes de foot, si le virus continue à faire des ravages, bien sûr… mais comment chanter ou hurler des slogans dans un stade avec le visage barré d'un tissu ? Non ! Ce sera pour parader dans la rue avec la casquette, le T-shirt et le masque en harmonie avec les emblèmes du club. En tous les cas, à quinze euros pièce, c'est devenu le produit de luxe de son affaire.

Augustin sonne au deuxième étage d'un immeuble cossu. Il discerne un « J'arrive, j'arrive » derrière la porte d'entrée, qui s'ouvre soudain.

— Vous voilà, je vous attendais !

— Bonjour, Martine, je ne vous dérange pas, alors…

— Non, pas du tout ! Attendez, je vous apporte le fruit de notre labeur, dit-elle réjouie, un peu théâtrale et impatiente

---

15 Personnages de la série de bandes dessinées Popeye créée par E. C. Segar.

de montrer les masques confectionnés avec amour par elle et ses amies.

Restant sur le seuil, Augustin voit Martine repartir et s'éclipser dans l'une des pièces de l'appartement. Il la voit réapparaître portant une petite boîte en carton contenant les 82 nouveaux masques bariolés, élaborés pendant la semaine.

— Tenez ! dit-elle en posant sur le bas de la porte le carton, respectant ainsi la distanciation physique imposée. Il contient le résultat bien palpable des trois femmes qui se sont acharnées des heures devant leur machine à coudre.

- Wouaaah ! Mais ils sont super ces masques, je crois même que je vais en prendre un pour moi, s'exclame Augustin, ils sont trop beaux !

— Attendez, dit Martine en fouillant dans la boîte que tient maintenant Augustin, oubliant les gestes barrières, il y en a un que j'ai fait qui est très joli avec des petits papillons… tenez, le voilà, prenez-le !

Elle extirpe un masque ambré magnifique avec des papillons bleuâtres virevoltant autour de petits coquelicots éparpillés rouge vif.

— OK, je finis le chirurgical que j'ai, et je mettrai celui aux papillons dès demain, dit Augustin, enthousiaste.

— Il vous plaît ? demande-t-elle en le remettant dans la boîte avec les autres.

— Ah oui, vraiment, il est vraiment très beau… et original !

— Je suis contente que cela vous fasse plaisir… et c'est bien ce que vous faites, ajoute-t-elle au bout d'un moment.

— Oh, c'est normal, il faut bien aider les gens, dit Augustin, commençant à se sentir gêné.

— Oui, mais ce n'est pas tout le monde qui réagit comme vous…

— Il n'y a rien d'extraordinaire dans ce que je fais, vous savez… mais je dois vous quitter, à bientôt, Martine, coupe Augustin, de plus en plus mal à l'aise et impatient de partir.

— Bon, je vous laisse faire votre travail, chuchote-t-elle avec un air complice.

— Oui, merci, à bientôt.

— N'oubliez pas de revenir la semaine prochaine, on en aura d'autres… on commence à avoir la main, on va plus vite qu'au début !

En rentrant le soir, il est inlassablement réconforté de ne pas s'être fait prendre par la police dans la journée. Il a toujours plusieurs attestations de déplacement qu'il est prêt à remplir pour tout déplacement imprévu. Pour le moment, il a évité l'amende de 135 € : paradoxalement, le fait de transporter des masques le sauve à chaque fois. Néanmoins, il ne faudrait pas que la police « gratte » un peu trop ses allées et venues, car il serait vite accusé de commerce illégal tout simplement… sans parler de l'exploitation de celles qui lui confectionnent gracieusement ses masques en tissu.

Mais Augustin balaye cela d'un revers de main : « C'est du business, c'est tout ! »

En préparant son premier repas en solitaire, il remarque que Marina a oublié de prendre le pain. Il téléphone pour lui proposer un des deux paquets de pain de mie en tranches.

— Allô, oui…

— C'est moi, t'as oublié le pain…

– Ah mince ! Oui, tu peux m'en donner un paquet… je t'ouvre la porte.

– OK, je descends.

Augustin raccroche. Il entend tourner dans l'escalier la clef de la porte de séparation. Marina apparaît déjà en robe de chambre. « Elle doit préparer ses cours pour le lendemain », se dit-il.

– Tiens, voilà le pain et la confiture… tu avais oublié aussi la confiture pour demain matin.

– Merci… Tu fais toujours ton petit trafic ?

– J'ai été chercher simplement des masques que Martine confectionne… Augustin se tait brusquement, il a parlé trop vite !

– Quoi, tu exploites aussi Martine ? Je n'y crois pas ! Mais c'est vraiment abject ce que tu fais. Tu es vraiment le stéréotype même de l'exploiteur ! Tu n'as aucune gêne à faire travailler les autres, comme ça, gratos ! Et tu les vends combien ces masques ?

– …

– C'est des masques en tissu ?

– Oui, mais je n'en ai pas encore vendu, c'est pour les donner, ment-il.

– Ah ! Mais tu t'améliores mon chéri, réplique-t-elle ironiquement, ils sont aux normes au moins ?

– Oui, oui…

– Tu mens ! Ils sont peut-être aux normes et encore je n'en suis pas si sûre, mais je suis certaine que tu les vends ! Tu as le nez qui s'allonge comme Pinocchio, dit-elle, en évoquant le conte italien de Carlo Collodi.

Marina ferme la porte et Augustin reste devant immobile et interdit. « Je ne pourrai jamais lui raconter des salades, conclut-il, elle est trop perspicace, ou c'est moi qui suis trop nul. »

Il est un peu troublé par l'attitude de Marina qui, d'après lui, assombrit le côté *production-exploitation* des masques. « Mince, elle noircit un peu trop le tableau quand même… on n'est pas non plus dans un monde de bisounours ! » estime-t-il.

De toute façon, il est trop tard pour proposer à Martine et à ses amies de leur payer les masques. Et par-dessus tout, elles risqueraient de ne plus se sentir utiles ! Il n'y aurait plus ce sentiment héroïque de participer au combat contre le Covid et de sauver des vies.

Le problème maintenant pour Augustin est d'écouler les modèles en tissu, beaucoup plus difficiles à vendre que les chirurgicaux. Celui en tissu, dix à quinze fois plus cher, se vend au goutte-à-goutte : il faut pratiquer une technique équivalente à celle du porte-à-porte, c'est un travail de longue haleine et de persuasion. À plusieurs reprises on lui avait préféré trois boîtes contenant chacune cinquante masques chirurgicaux que les dix masques en tissu pour le même prix. Il n'a pu vendre que huit masques sur les vingt de Martine cette semaine, et aujourd'hui il en a cent ! Il faut qu'il trouve un moyen de les « refourguer » !

Il pense à Vincent. Sa femme n'a travaillé que très peu pendant son jeune âge avant d'avoir ses enfants et n'a pas repris depuis. Lui, sans travail depuis de nombreuses années, est à la retraite depuis un an. Ils ont vécu longtemps grâce aux allocations familiales avec leurs deux fils à charge, aux allocations chômage et au RSA[16]. Aujourd'hui, il ne leur reste que la maigre retraite de Vincent, leurs enfants étant partis depuis longtemps faire leurs carrières à Paris. Ils vivent dans une petite maison héritée, dans l'arrière-pays vençois. Ils cultivent un grand jardin et se font un peu d'argent avec leurs légumes, fruits et confitures. Augustin l'a rencontré en faisant de la course à pied. Tous les deux parcouraient le même sentier, aux mêmes jours et approximativement à la même heure, en fin de matinée. Finalement ils se parlèrent et, au bout de quelques mois, décidèrent de prendre une bière lors de la dernière course de la semaine, dans un petit bar non loin de leur chemin. Pour être sûrs de ne pas se louper, ils avaient échangé leurs numéros de cellulaires.

Avec le confinement, Augustin n'a plus vu Vincent depuis un mois. Il le contacte.

— Oui… Augustin ?

— Je t'appelle pour te proposer un truc si ça t'intéresse… propose immédiatement Augustin.

— Oui, dit toujours…

— Voilà. Je vends des masques…

— Ah, t'as des masques ? coupe Vincent, on n'en a pas et je voudrais…

— Non, non, c'est pour que tu les vendes, coupe à son tour Augustin, en accentuant sur le pronom personnel « tu ». Voilà, j'ai des masques en tissu et lavables et je te propose que tu les vendes aux alentours à tous ceux qui en ont

16 Revenu de Solidarité Active.

besoin. Tu les vends à dix ou quinze euros, comme tu veux. Ils coûtent chacun cinq euros.

– Ils coûtent cinq euros ? Ils sont plus chers que les autres… mais ils sont en tissu… il faudrait que je les voie… je dois te les acheter tout de suite ?

– Non, tu me rends 50 euros une fois vendus les dix premiers, la première fois…

– Et je garde le reste… c'est-à-dire 50 euros si j'en vends dix à 10 euros… et je gagne 100 euros si j'arrive à en vendre dix à 15 euros… calcule Vincent.

– Oui, c'est cela : plus tu vends cher, plus tu gagnes. Et avec ce que tu récupères comme fric, tu peux m'acheter ensuite d'autres masques, si tu veux continuer…

– Hum, on peut se voir ?

– Oui, on se voit au début du chemin comme d'habitude et je t'apporte dix masques pour démarrer. À trois heures cet aprèm ?

– Oui, OK c'est bon.

L'après-midi, Augustin se dirige en voiture vers le parcours qu'il pratiquait avant le confinement : un joli petit sentier relativement plat, en hauteur parmi les pins dominant Vence, avec en prime une superbe vue sur la mer. « Il faudra un autre point de rendez-vous la prochaine fois, car pour la police ce n'est pas une route pour faire ses commissions » se dit-il en pensant à la case cochée sur son attestation. Il a pris avec lui les dix exemplaires en tissu, plus une boîte de cinquante chirurgicaux qu'il donnera à Vincent pour l'encourager.

Il est déjà sur place : un homme petit et mince avec un visage ovale, balayé par une grande mèche noire qu'il chasse continuellement par un bref coup de tête circulaire. Il a un regard moqueur qui le quitte rarement.

– T'es pile à l'heure !

– Oui… je peux voir les masques ? demande Vincent.

– Bien sûr… tiens, cadeau, dit Augustin en tendant les chirurgicaux, j'ai une boîte en rab, une erreur de commande, le fournisseur m'en a livré une de plus. J'ai fermé ma gueule, t'imagines !

– Oh, super ! dit-il, en prenant la boîte avec empressement.

– Regarde… Augustin lui présente les masques en tissu.

– Waouh, ils sont superbes… Je pense que je peux les vendre à quinze euros !

– Tu fais ce que tu veux pour les prix… mais essaie de ne pas descendre en dessous de dix euros pour ne pas tuer le marché, conseille Augustin.

– D'accord.

– Et il faut que tu me rembourses 50 euros quand tu les auras vendus ou bien tu me redonnes les masques…

– T'inquiète pas, je pense que je n'aurai aucun problème pour trouver des acheteurs, dit-il en admirant le travail de Martine et de ses amies.

Pendant le voyage du retour, Augustin pense à sa transaction. Il n'a pas été trop gourmand sur la marge. Il pouvait faire plus, mais il faut qu'il garde l'enthousiasme de Vincent intact, et particulièrement au début. Il a deux objectifs : premièrement, écouler ces masques, deuxièmement se faire de l'argent facilement. Plus tard, il pourra toujours augmenter sa marge prétextant une augmentation de prix de ses fournisseurs. Il attend de voir, car il a encore de petites idées pour son business.

# XIV

# Pyramide

Augustin débite ses masques chirurgicaux avec autant de facilité qu'au début. À soixante euros la boîte, les bénéfices sont de trois cents pour cent ! Les acheteurs, qui en déduisent le coût unitaire à un euro vingt, jugent le prix très raisonnable… ce n'est même pas le prix d'un café au comptoir, à la belle époque d'avant le confinement !

Pour les masques en tissu, Augustin a pensé également à Clothilde, qui est monitrice à l'école de voile à Villeneuve-Loubet : elle est sans doute en chômage partiel. Augustin avait pris une semaine de cours collectif de catamaran il y a quatre ans avec elle. Une femme brune à la coupe androgyne, au corps élancé, aux yeux rieurs couleur noisette. Depuis, ils avaient gardé le contact.

Le premier jour de cours, Clothilde regarda Augustin, ou plutôt le scruta.

— On ne s'est pas déjà vus ? lui demanda-t-elle.

— Non, je ne crois pas, dit-il, trouvant très dommage de ne pas reconnaître une fille d'une trentaine d'années, superbe, musclée, bronzée et sachant évidemment mieux que lui naviguer sur l'eau.

— Je suis sûre de t'avoir déjà rencontré ! insista-t-elle, en le tutoyant d'emblée.

En fin de matinée, après avoir navigué au large pendant trois heures, les élèves sortirent de l'eau, parquèrent les *catas* et se dirigèrent vers les vestiaires. C'est à ce moment-là que Clothilde vint vers Augustin avec un sourire radieux.

— Mais si, tu es le mec qui s'est payé un télescopage avec un autre skieur qui faisait un saut de plusieurs mètres et qui a atterri sur toi !

— Oh merde ! C'est toi la pisteuse[17] ? Je ne pouvais pas te reconnaître sans ton masque et ton casque, et puis j'étais sonné !

— Tu t'es évanoui même ! Tu saignais du nez et t'avais une grande entaille sur le front… tiens, on voit à peine la cicatrice, dit-elle en s'approchant du visage d'Augustin.

— Je me souviens, mais je ne pensais pas à toi, car je cherchais dans un autre contexte, au bord de la mer ou au boulot, pas au ski… et j'avoue encore avoir du mal à te reconnaître, car on s'est vu cinq minutes…

— Tu rigoles, une bonne demi-heure, t'étais vraiment amoché. J'ai appelé les secours. On ne t'a pas laissé partir

---

17 Pisteur : professionnel qui entretient les pistes et le déclenchement préventif d'avalanches sur les domaines skiables dans les stations de sports d'hiver.

tout de suite, car t'avais des nausées… On t'a proposé de t'évacuer en barquette…

— Je me souviens, j'ai refusé…

— On n'a pas insisté, tu n'avais rien de cassé…

— Je suis redescendu une heure après, hyper lentement, en chasse-neige jusqu'à la station. Je me suis couché immédiatement tout habillé et j'ai dormi comme une masse jusqu'au repas !

— T'étais vraiment groggy après le coup…

— Je me souviens que tu m'as demandé comment je m'appelais, quel jour on était, dans quelle station on était…

— C'est les questions à poser après un choc…

— T'habites sur la Côte l'été ? demanda Augustin en changeant de conversation.

— Je suis pisteuse à Vars l'hiver, comme tu le sais… et l'été, tu vois, je suis monitrice de voile ici.

— La vie idéale quoi, le ski l'hiver et la voile l'été !

— Oui, mais ce sont des boulots saisonniers. Ce n'est pas toujours commode.

Augustin se remémore cette conversation et présage que Clothilde, saisonnière, doit avoir du mal à joindre les deux bouts : le ski est condamné depuis la mi-mars à cause du Coronavirus et les sports de voile sont loin de commencer leur saison. Il l'appelle.

— Oh, bonjour, Augustin, que me vaut cet appel ?

— Je ne te dérange pas ?

— Ouh ! Je suis confinée dans un deux-pièces et je n'ai pas de boulot… tout va bien, dit Clothilde sarcastique.

– Ça ne va pas ? demande Augustin, percevant un soupçon d'accablement dans sa voix.

– Je passe mon temps dans l'angoisse, c'est simple : j'ai un salaire zéro et des dépenses et je n'ai presque plus de sous. Je me demande même comment manger tous les jours… j'ai perdu trois kilos ! Je ne perçois plus d'allocation chômage. L'assistante sociale m'a dit que je n'avais droit à rien… en fait je ne rentre dans aucune case.

– Comment tu fais pour bouffer ?

– Je peux prétendre à des colis alimentaires et je me suis inscrite sur la liste des restos du cœur.

– J'ai peut-être quelque chose qui pourrait t'intéresser. Serais-tu d'accord pour vendre des masques ?

– C'est pour cela que tu m'appelles ?... Oui, pourquoi pas, au point où j'en suis…

– Je peux t'en apporter dix pour commencer, que tu vendras entre dix et quinze euros…

– Dix euros ? Mais c'est invendable !

– Ce sont des masques en tissu et lavables une quinzaine de fois. Je te les fournis à cinq euros pièce que tu me rembourseras une fois vendus. Si tu n'arrives pas à les vendre, tu me les rends, y'a pas de soucis.

– OK… je peux les voir avant ?

– Je peux venir en fin de matinée, si tu veux… devant le club de voile ?

– Oui, c'est bien, j'habite pas loin à pied… vers midi ça te va ?

– OK, à tout à l'heure.

Clothilde est une personne dynamique et a le contact facile. Augustin est convaincu qu'elle arrivera à écouler les dix masques en un temps record.

Il la rencontre en tenue de jogging moulant, mais elle ne court pas : « C'est une bonne excuse pour sortir de chez elle, évidemment, se dit-il, et elle a dû cocher la case *déplacement bref lié à l'activité physique.* »

Comme Vincent, elle trouve les masques confectionnés par Martine & Co très beaux et originaux. Vu l'enthousiasme de Clothilde, Augustin lui propose dès le départ vingt masques. Elle prend les deux enveloppes krafts où Augustin a placé les masques en tissu et les glisse dans son minuscule sac à dos.

— J'ai pensé les vendre aux ambulanciers et aux pompiers secouristes que je connais. Ils n'en ont pas tous… je t'appelle quand c'est fait. Je te dois donc cent euros…

— Oui, et quand tu m'appelleras tu me diras combien tu veux m'en acheter.

— OK, c'est cool !

Le *legging*[18] de Clothilde provoque chez Augustin l'image d'une amie de Laurent, Sylvie, en fuseau de ski. Elle travaille pour une agence de voyages. Il l'a connue trois ans auparavant, en sortant avec Marina dans les soirées guitare sur la plage et les invitations barbecue. Elle est venue aussi plusieurs fois skier à Isola avec Laurent et Augustin. C'est une femme divorcée, dans la quarantaine, de taille moyenne, blonde, avec un visage ovale parfait planté de deux yeux

---

18 Pantalon moulant sportif mixte, qui va de la taille aux chevilles.

bleus coquets et assortis d'une bouche sensuelle un peu boudeuse.

« Les agences sont fermées et ne sont pas près de rouvrir, juge-t-il. Comme Clothilde, c'est une femme qui a l'habitude du contact ». Il prend son cellulaire et l'appelle.

— Sylvie ?

— Bonjour Augustin, dit-elle machinalement, ayant vu son nom sur le cellulaire.

— Comment ça va ? lui demande-t-il, sans ambages.

— Moyen… Je suis avec mes deux filles… je ne suis pas sûre de garder mon boulot et je n'ai pas beaucoup de sous ! C'est dur quand on a des enfants en âge de comprendre. Je leur explique qu'elles ont quand même de la chance d'avoir un toit et de manger à leur faim. C'est très limite, mais je m'en sors. Une fois payés le loyer et les factures, il nous reste juste de quoi manger…

— Je te propose de vendre des masques en tissu autour de toi… t'imagines facilement que la demande est forte !

— Tu as des masques, toi ?

— Oui, j'ai un fournisseur qui fabrique des masques en tissu.

Augustin expose à nouveau son commerce et sa façon de fonctionner. Sylvie accepte sur-le-champ, car la proposition ne comporte aucune contrainte : elle n'a pas à avancer de l'argent, elle n'est pas obligée de vendre la première fois, puisqu'elle peut les rendre en cas d'insuccès et elle n'a pas de date d'échéance, elle est donc libre de son temps. Par contre, c'est à elle de se débrouiller pour trouver des acquéreurs.

Augustin a mis en place son « unité de production » et son équipe de vendeurs. Il n'a pas besoin de la troisième fonction de base d'une entreprise, à savoir la finance et comptabilité : les masques sont gratuits et ses bénéfices sont versés en liquide, donc il ne déclare rien. Même la fonction achat n'est pas nécessaire ! Martine & Co utilisent leurs propres tissus pour rivaliser d'originalité.

# XV

## Quatorzaine

Le samedi 4 avril, une semaine avant Pâques, Marina ne supporte plus le confinement, sachant sa mère seule après la mort de son père quelques semaines auparavant. Elle a quinze jours de vacances devant elle, mais elle est bloquée à Vence. Elle est doublement confinée : dans sa maison et au rez-de-jardin. Mais pas question de lâcher un pouce dans cette *négociation* avec Augustin, car elle ne supporte pas ses magouilles. De surcroît, ce qui la met hors d'elle, c'est de l'entendre charger sa voiture et de sortir deux à trois fois par jour malgré le confinement, comme si de rien n'était. Il n'a pas l'air d'avoir été ébranlé par le discours et l'attitude de Marina : il continue tranquillement ses combines.

« Qu'il continue ses manigances ! On en reparlera à la fin du confinement… et s'il se fait prendre, je n'irai pas le défendre, ça, c'est certain. J'irai lui apporter peut-être des oranges, comme il dit ! ». Elle esquisse un sourire.

En début de soirée, Marina a entendu la porte d'entrée se fermer et la voiture d'Augustin démarrer et s'éloigner. Elle se précipite dans sa chambre abandonnée pour prendre un jean qu'elle avait oublié et deux chandails. Un quart d'heure après avoir fermé tous les volets du rez-de-jardin de la maison, Marina charge son coffre et quitte la maison à son tour, en prenant la direction de l'Italie.

Elle a coché la case de l'attestation française *déplacement pour motif familial impérieux*. C'est un peu vrai, sa maman peut être au désespoir, seule dans cette grande maison où il y avait tant de vie.

Les Italiens, confinés dans un rayon de deux cents mètres autour de chez eux, ont encore moins le droit de changer de région pendant cette période. Habitant le Piémont, Marina passe alors par la route montagneuse de Sospel pour traverser la frontière à la hauteur de Cuneo, au Piémont, et ainsi éviter Vintimille, située en Ligurie.

D'après sa carte d'identité, Marina habite au Piémont, mais n'a pas modifié son adresse pour notifier Vence, car elle est en « mission » en France pour enseigner. Elle est toujours rattachée à l'Italie et dépend du ministère des Affaires étrangères.

Il est huit heures du soir et la route lui appartient, néanmoins cet itinéraire l'angoisse : il n'y a personne sur ce trajet sinueux en pleine montagne. Elle n'a croisé qu'une camionnette depuis une demi-heure. Elle est seule et en même temps en effraction : trop loin de son domicile français et pas encore en Italie. Arrivée au tunnel de Tende, le feu est au vert et elle ne voit aucune voiture en attente pour le passage de la galerie à sens unique. À la sortie du tunnel, en Italie, deux carabiniers lui font signe de s'arrêter. Marina montre sa carte d'identité, les papiers de sa voiture immatriculée en Italie, et son attestation italienne de rapatriement obtenue au consulat de Nice, où est mentionnée sa destination pour effectuer sa quatorzaine, c'est-à-dire à Marene chez sa maman. Après vérification, les carabiniers la laissent repartir. Pourra-t-elle revenir en France pour travailler ? Elle n'en sait rien… elle trouvera un moyen, légal ou non, elle verra le temps venu !

En Italie, la circulation est également inexistante. À proximité de Cuneo, elle se gare sur le bas-côté de la route pour prévenir sa maman de son arrivée par un message. Elle hésite, et envoie un autre message à Augustin lui signalant, d'une façon lapidaire, son futur séjour à Marene : « Je suis à Marene si tu me cherches. Marina. »

Elle continue la longue route droite déserte, en direction de Turin, et croise sur l'accotement un renard, ébloui par les phares de sa voiture. Sa maman lui avait dit qu'elle avait vu des sangliers aux abords de sa maison. Les animaux, avec cet abandon et ce silence, s'approchent des habitations et des routes pratiquement inutilisées depuis des semaines. En effet, la nature est présente, l'air est plus pur, l'eau est moins polluée et les animaux sauvages deviennent moins farouches. Marina se remémore ce qu'avait dit un ancien chef sioux, Taureau Assis, sur les hommes blancs : « Quand ils auront coupé le dernier arbre, souillé le dernier ruisseau, pêché le dernier poisson, alors ils s'apercevront que l'argent ne se mange pas ». Le virus, au moins, permet de donner une petite pause à la nature pendant cette course immodérée au profit…

Marina arrive à destination un peu avant onze heures du soir. Elle a faim, car elle ne s'est pas arrêtée pendant le trajet, trop impatiente d'arriver à bon port. Anna-Maria, sa maman, lui a préparé un risotto qu'elle fait réchauffer dans une poêle. Elle n'est pas au courant du « froid » qui règne entre Augustin et Marina.

– Tu n'aurais pas dû le laisser tout seul à Vence, s'inquiète-t-elle.

– De toute façon il ne peut pas venir, car il n'a pas l'attestation adéquate ! Mais ne te préoccupe pas pour lui, il a le jardin duquel s'occuper et sa musique sur laquelle il travaille…

– Tu es sûre ?

– Oui, oui… d'ailleurs il te fait de gros bisous ! ment-elle.

Pendant la soirée, Marina se remémore avec sa maman les journées de ski qu'ils faisaient en famille dans les petites stations alentour. Elle évoque également la petite colline à côté de la maison où elle et son frère avaient appris à skier avec son père.

– Il fallait déchausser les skis pour remonter la pente à chaque fois ! dit-elle, et le petit frère (aujourd'hui un mètre quatre-vingt-onze) en avait marre de regrimper à chaque fois.

Les vacances au bord de la mer à Spotorno, où Marina a connu ses premières amours d'adolescente, sont aussi abordées.

– Oh qu'il était beau !... comment il s'appelait déjà ? … Lorenzo, dit Anna-Maria

– Non, Fiorenzo ! rectifie Marina

– Tu ne l'as plus revu ?

– Non, après les vacances je l'ai complètement perdu de vue, il habitait Gênes… je ne me fais aucun souci pour lui… mais il n'avait pas inventé l'eau chaude !

– Il avait l'air très gentil, insiste Anna-Maria.

– Oui, et il dansait très bien…

Après avoir évoqué les souvenirs d'enfance, Marina propose à sa maman de se coucher. Elle retrouve la chambre de sa jeunesse et de ses études, avec ses anciennes affaires et en particulier ses livres, toujours placés aux mêmes endroits. Elle les feuillette, parcourt certains paragraphes soulignés et les notes qu'elle avait gribouillées en bas de pages ou dans les marges. Elle tombe sur un livre de Camus, en version française, qu'elle avait lu en fac quand elle préparait sa maîtrise de lettres. Elle l'ouvre en faisant défiler les pages avec son pouce, pour en sentir l'odeur du papier. Avec le confinement, c'est le livre idéal à relire. Elle se couche en entamant le premier chapitre de « La peste ».

Le matin, au petit déjeuner, Marina est saisie par ce que lui montre sa maman.

– Quoi ! Je n'y crois pas, ce n'est pas vrai…

– Mais qu'y a-t-il d'extraordinaire ? adjure Anna-Maria.

— Depuis quand fabriques-tu des masques ? demande Marina oscillant entre l'irritation et le rire.

— Ça fait deux semaines… je ne vois pas ce qu'il y a de drôle ! La mairesse a demandé à tous les volontaires qui avaient une machine à coudre et qui savaient piquer de faire des masques pour les distribuer ensuite à tout le village… je me demande pourquoi cela te fait sourire ? interroge-t-elle, sentant la contrariété monter en elle.

— Tu as le tissu qu'il faut ?

— Oui, et également des élastiques que je prends d'anciens pyjamas, survêtements ou sous-vêtements…

— T'as un patron pour savoir comment les couper ?

— Oui, c'est la mairesse qui les a distribués dans nos boîtes aux lettres avec le type de tissu à utiliser…

— Et comment vous les écoulez ? s'enquiert Marina, en pensant à Augustin qui fait des tournées à travers le département pour vendre les siens.

— Comment ça les écouler ?... interroge Anna-Maria. De la façon la plus simple ! Il y a deux employés de la mairie avec la mairesse qui les mettent dans les boîtes à lettres, quartier par quartier. Je ne comprends pas ta question…

— Non, rien, laisse tomber… je me suis mal exprimée… oui, bien sûr : vos masques sont ensuite redistribués dans les boîtes aux lettres… c'est évident. Tu en as fait combien depuis ?

— Une trentaine. Ils viennent les chercher tous les lundis à midi. Je trouve que c'est une très bonne initiative, car il y a vraiment une pénurie en Italie. Et dans une semaine, peut-être deux, tout le monde aura son masque à Marene.

– Tu continueras à en faire après ?

– Oui, car il faut les changer après plusieurs utilisations et ils ne sont pas lavables à l'infini… As-tu un masque ?

– Oui, oui, j'ai ce qu'il faut, dit Marina, accablée, avec un semblant de sourire que n'a pas décelé sa maman.

Une seule épicerie est ouverte à Marene. Marina attend en ligne pour son tour. Elle a son masque et son attestation italienne pour faire ses commissions. Ici, ils ne plaisantent pas, lorsqu'un citoyen ne respecte pas les règles de confinement l'amende va de 400 € à 3000 €, voire à de la prison. Il ne faut pas s'éloigner de plus de 200 mètres de chez soi pour aller courir ou pour promener son chien. Malgré cela, il y a eu cinq morts dans le village, car, au début, certains n'ont pas respecté les règles, en continuant à se voir sur la place du marché (aujourd'hui fermé) et en jouant aux boules sans respecter la distanciation. « Ce ne sont pas les jeunes les plus indisciplinés… ce sont les anciens ! » avait dit sa maman.

Pour Marina, il n'y a pas beaucoup de changement. Concernant ses amis italiens, elle continue à les voir par visioconférence même si ces derniers ne sont qu'à cinq minutes de chez elle. La télévision italienne est aussi polarisée que la française sur les mesures sanitaires avec les conséquences économiques catastrophiques qui en découlent et cela concerne tous les secteurs. L'Italie, comme la France, est très touchée dans les domaines du tourisme, des loisirs, de la restauration…

Les auberges, les théâtres, les bars, les manifestations sportives, tout est au point mort et la population, très obéissante, à la surprise générale, commence à s'impatienter, car elle n'a plus de *réserve* ne serait-ce que pour manger, en particulier dans les quartiers pauvres.

En France, Marina pouvait se balader dans un rayon d'un kilomètre, mais là, elle ne peut même pas musarder dans le village situé à 300 mètres de chez sa maman.

Les deux femmes font le ménage dans la maison, qui n'a jamais été aussi étincelante ! Rien n'a jamais été aussi bien rangé, épousseté, nettoyé, lavé, désinfecté !

— Je suis prête à recevoir toute la famille, dit Anna Maria, la maison est irréprochable !

Pour le jardin, même constatation : l'herbe est coupée comme un green de golf et le potager est impeccable, avec ses sillons droits bien délimités au cordeau. Il n'y a pas une feuille ou une brindille qui traîne.

# XVI

## La routine

Après avoir lu le message de Marina, Augustin est un peu secoué. Partir comme ça, sans le prévenir… enfin si, une fois en Italie ! Elle n'apprécie pas du tout son commerce, c'est une évidence. C'est dommage, car son trafic marche de mieux en mieux : une fois son stock de masques chirurgicaux épuisé, celui de ceux en tissu prendra docilement le relais !

Avec ces nouvelles recettes, il n'a pas à se tracasser à calculer son seuil de rentabilité, encore moins celui de fermeture de son « entreprise », car, mis à part l'essence pour sa voiture, il n'a pas de coûts. Pas de coûts fixes, pas de coûts de production et aucun besoin d'analyse pour apprécier un incontestable retour sur investissement… l'horizon est dégagé, tout va bien… « Roule ma poule ! » comme disait le grand-père d'Augustin.

Après le départ de Marina, Martine l'appelle pour lui demander de ne pas oublier de venir prendre un nouveau stock.

– Vous savez combien de masques nous avons faits ? demande-t-elle, la voix joyeuse, à l'appareil.

– Non…

– Cent quatre-vingt-dix… on n'est pas loin de deux cents !

– Ouh, ça fait beaucoup ça ! dit-il, surpris par la performance de *l'unité de production* de son « entreprise ». Vous êtes toujours seulement trois, pour en créer autant ?

– Oui, oui, mais on a le tour de main maintenant… La semaine prochaine, on espère dépasser les deux cents. On s'est promis cela avec Huguette et Yvonne.

– Bravo ! Cela va faire des heureux, dit Augustin, comptant sur le savoir-faire de ses nouvelles *associées* pour débiter cette dernière récolte.

Il se rend à l'appartement de Martine dans l'après-midi.

Elle est toujours bien apprêtée, toujours habillée avec goût et Augustin devine qu'elle va souvent chez le coiffeur. « Au moins toutes les semaines » déduit-il. Cette fois-ci, elle tient à tout prix à faire entrer Augustin et lui offrir le café. Il accepte après quelques hésitations : il est un éventuel porteur du virus avec toutes les personnes qu'il rencontre pour son business. À l'évidence, ce n'est pas Martine, vivant déjà toute seule bien avant le confinement, qui est contagieuse. Lui, en revanche, est peut-être un vecteur asymptomatique et contamine allègrement son entourage. Cela le gêne un peu quand même, car il *empoisonne* possiblement Martine, sans le savoir. Cette idée le turlupine et il promet à l'avenir de ne plus rentrer chez elle, quel que soit le prétexte.

Elle lui explique qu'elle et ses deux copines se rencontrent chez elle, à tour de rôle, dans la semaine.

– Elles sont toutes à moins d'un kilomètre de chez moi. On se voit donc le lundi, le mercredi et le vendredi après-midi. Moi, je récolte les masques à chaque fois, pour vous les donner le samedi, comme on fait depuis le début.

– Oui, oui… vous êtes vraiment bien organisées ! Mais vous n'avez pas peur de vous contaminer ? ne peut s'empêcher de demander Augustin.

– Nooon ! Huguette ne sort jamais et son mari est toujours fourré seul dans sa bibliothèque, à lire et à ranger ses livres, et Yvonne vit seule comme moi. Il n'y a pas de problèmes… le seul danger c'est un peu vous, dit-elle, en regardant Augustin tout à coup…

– Oui, c'est vrai, mais je fais attention comme vous le voyez… je garde les distances et je porte le masque… sauf pour boire votre café, dit-il en le retirant.

Il boit une gorgée et ajoute :

– Qui est très bon !

– Oui, c'est de l'éthiopien… dit-elle en le regardant boire avec délectation. Alors, le masque que vous portez, il vous plaît ?

– Super ! C'est celui que je préfère, j'adore les petits papillons… personne n'a un masque comme celui-ci. Quand je le lave, je l'alterne avec un autre que j'aime bien aussi, celui qui est uni avec des nuances de jaune et de mauve…

— Ah, c'est celui d'Huguette, elle en a confectionné une dizaine, des comme ça, avec ses anciens rideaux.

— Tous vos masques sont très beaux et originaux… et je n'ai aucun mal à les écouler, il y a toujours énormément de demandes, improvise Augustin, surtout dans le secteur sanitaire : les aides-soignantes, les auxiliaires de vie, les ambulanciers, les pompiers…

— Ils doivent être déjà équipés…

— Oh, non, détrompez-vous, la plupart en sont dépourvus et sont très contents de récupérer les vôtres qui, en plus, sont lavables.

— Eh bien tant mieux, ça fera vraiment plaisir à Huguette et à Yvonne quand je vais leur dire cela…

Grâce à ce confinement, les trois couturières amatrices se voient bien plus souvent. Très heureuses de prendre le thé trois fois par semaine, elles évoquent des souvenirs, mais aussi, pour la première fois depuis longtemps, elles parlent de leur avenir : elles ont une mission et sont très motivées, car elles se sentent utiles.

Le soir même, Augustin est contacté par Vincent. Il n'a eu aucun mal à vendre ses dix masques. Il a fait la tournée des boulangeries dans la région… « Cela s'est vendu comme des petits pains ! plaisante-t-il, il m'en faudrait au moins vingt cette fois-ci. »

Ils se retrouvent sur le parking du supermarché Leclerc de Vence. Augustin se stationne à côté de la voiture de Vincent, garée un peu en retrait du magasin. Ils ne se serrent pas la main, mais se lancent un « Ciao » réciproque. Posté devant son coffre, Augustin sort une enveloppe kraft vide et la remplit précautionneusement avec les masques en tissu entreposés dans une ancienne boîte ayant contenu, au début, les jetables.

– T'as des masques chirurgicaux ? demande Vincent, en observant la boîte.

– Non, je n'en ai plus, ment Augustin, voulant garder les dernières boîtes pour lui.

– Dommage, car beaucoup m'en réclament… ceux en tissu sont plus difficiles à vendre…

– Oui, mais ils sont réutilisables…

– Oui, heureusement… j'arrive à en fourguer deux à chaque fois en leur expliquant que, quand t'en laves un, il t'en faut un autre obligatoirement !

– Logique…

Augustin lui donne l'enveloppe, pendant que Vincent sort de sa poche et lui tend des billets de vingt et de dix pour un total de cent cinquante euros : cinquante pour rembourser les masques vendus et cent pour les vingt nouveaux. Augustin ne lui demande pas la provenance de cette somme : il ne veut pas savoir s'il a vendu ses masques dix, quinze euros ou plus… ou moins, c'est son affaire.

Quelques jours après, ayant fait le tour des EHPAD et des maisons de retraite de la région, Augustin a presque terminé son stock de masques chirurgicaux, il ne lui reste que dix boîtes. Il a vidé son compte d'épargne, mais d'après ses petits calculs il estime avoir fait un bénéfice net d'exactement 48 300 euros !

Maintenant, il se retrouve avec plus de 65 000 euros en billet de banque dans sa petite boîte à biscuits en fer blanc : le produit de la vente de pratiquement tous les masques qu'il avait achetés avant le confinement.

Le soir suivant, il reçoit un message de Clothilde : « J'ai vendu tous les masques, peux-tu en apporter vingt autres au club, demain à midi ? ». Augustin répond par l'affirmative et obtient un deuxième message : « Super, veux-tu manger chez moi à midi ? Je fais des spaghettis à la carbonara ». Augustin hésite. Finalement, il répond par l'affirmative une deuxième fois.

Le lendemain, en arrivant devant le club de voile, Augustin aperçoit Clothilde en jupe en jean et tennis devant l'entrée de l'école. Elle lui fait signe de s'arrêter au milieu de la route et s'invite à monter dans sa voiture pour qu'il l'achemine jusqu'à son appartement. Quelques rues désertes après, il se parque en face d'un bâtiment moderne de trois étages. L'endroit est vide, il n'y a pas un seul magasin aux alentours. Le coin est résidentiel, mais tristounet, car aucun vacancier n'est présent : les appartements sont habités en majorité l'été. Les propriétaires, ou les locataires vacanciers y demeurent surtout pendant les vacances scolaires.

— J'habite au rez-de-chaussée, je suis la seule à vivre dans l'immeuble… c'est mortel !

– C'est là que tu habites ? demande Augustin en désignant une baie vitrée donnant sur un jardinet longeant le trottoir.

– Oui, je peux me bronzer à poil sans qu'on me voie, il n'y a vraiment personne !

– La saison n'est pas encore commencée…

– Normalement si ! Les gens viennent à Pâques pour les premiers stages…

– C'est vrai, admet-il, il fait chaud et on peut déjà aller à la plage.

– Oui, mais là, avec le confinement, il n'y a rien, et les appartements sont vides, c'est impressionnant.

L'appartement de Clothilde est moderne, agréable et lumineux, avec une cuisine américaine et un séjour éclairé par un dallage en marbre blanc veiné. La chambre qu'elle fait visiter est spacieuse, elle est agrémentée par un carrelage couleur crème.

– Tu veux un apéro ? Je n'ai pas grand-chose, je te propose du rosé qu'on continuera à prendre à table.

– Très bien ! Dis donc, c'est agréable chez toi…

– Oui, mais les meubles ne m'appartiennent pas. Je loue tout équipé. J'arrive tout juste à payer le loyer cette année. Les autres années je n'ai eu aucun problème, car il y a beaucoup de stages et on ne sait plus où donner de la tête…

– Il y a du monde normalement ?

– Ouh là… cela n'arrête pas ! Et le club paye bien…

– Évidemment, cette année…

– Si le club ouvre cet été, j'arriverai peut-être à tenir jusqu'à la fin juin, avec les masques ça va m'aider.

– Apparemment tu as réussi à en vendre…

– Oui, je n'ai eu aucune difficulté, il m'en faudrait vingt autres… tu peux aller les chercher, je vais prendre l'argent.

Augustin, après avoir fermé son coffre et placé vingt masques dans l'enveloppe, pousse la porte de l'immeuble et également celle de l'appartement, laissées ouvertes, et découvre Clothilde, plantée devant lui, qui l'attend. Elle lui prend l'enveloppe kraft, la dépose sur la petite commode de l'entrée et s'approche de son visage « On ne voit plus rien, cela a vraiment bien cicatrisé ». Ses yeux, qui scrutaient son front, s'abaissent et plongent dans ceux d'Augustin. Elle sourit et lentement lui prend la nuque. Le signal est clair et Augustin n'hésite pas : il lui prend délicatement les hanches et effleure sa bouche entrouverte. Il sent son souffle et également une pression venant de derrière sa nuque qui l'obligent à baiser ses lèvres fortement. Ils s'embrassent longuement sur le palier, avec de plus en plus de passion. « Viens » lui dit-elle une fois épuisées leurs étreintes et leurs caresses. Elle ferme la porte d'entrée, lui prend la main, passe devant lui et l'amène dans la chambre. À un mètre du lit, Augustin, d'un geste sec, la fait pivoter. Elle est face à lui. Il lui lâche la main pour soulever sa jupe qui s'enroule sur ses hanches. Il se penche et lui descend doucement sa culotte jusqu'à mi-cuisse. Il se met à genoux, avec ses mains saisit ses fesses et lui caresse le sexe du bout de sa langue. Il perçoit un frémissement et entend un souffle sourd devenir régulier. Elle se cambre et pose ses mains sur le dessus de la tête d'Augustin et commence à émettre des petits cris en signe d'approbation. Au bout de plusieurs va-et-vient, ses doigts s'enfoncent de plus en plus dans son crâne et soudain, après quelques expirations rapides, un gémissement signale à Augustin qu'elle jouit. Il la déculotte complètement et l'allonge sur le lit. Il se déshabille à son tour, la pénètre doucement et engage de lents allers-retours. Augustin sent le sexe brûlant de Clothilde, et ressent, comme une sève, une chaleur dans le bas ventre monter en lui, et jouit, lui aussi, quelques secondes après.

Le rosé frais lui emplit la bouche. Il prend ensuite un plaisir ouaté à se prélasser sur le canapé du séjour.

– Patiente un peu… le temps que les pâtes cuisent, dit-elle en ajoutant la crème et le parmesan sur les lardons, et que je finisse de préparer la sauce.

– Ne te presse pas… ton rosé est très agréable, dit Augustin en se redressant pour reprendre son verre.

– Tu as l'intention de refaire de la voile ? demande Clothilde pour changer de sujet.

– Pas pour le moment, je fais plutôt du tennis. J'ai l'intention de refaire des tournois… mais seulement sur terre battue, répond Augustin, prenant soudain conscience de son âge.

– Pourquoi seulement la terre battue et par sur le dur ? questionne-t-elle. Je n'ai pas fait beaucoup de tennis, mais sur dur c'est plus facile et tu ne te salis pas !

– Parce que j'adore glisser sur la terre avant de frapper la balle, dit-il après un petit silence, le temps de trouver une réponse adéquate.

Il n'allait pas dévoiler le risque pour les genoux, la colonne vertébrale et toutes les articulations quand un sexagénaire, comme lui, joue sur du ciment. Il ne veut pas aborder tout sujet qui pourrait évoquer la différence d'âge entre elle et lui, car il veut vivre comme s'il avait trente ans. Et Clothilde lui en donne l'occasion. Avec un petit coup de baguette magique, il ne se voit pas à soixante-cinq balais, mais à trente… avec, en bonus, trente-cinq ans d'expérience de plus : l'idéal !

Augustin repart pour Vence le lendemain matin. Il a passé la nuit chez Clothilde et lui laisse la boîte qu'il avait dans son coffre, contenant cent cinquante masques en tissu.

– Je ne peux pas te les acheter ! dit-elle, voyant la boîte remplie de tissus multicolores, et je ne t'ai pas encore payé les vingt que tu m'as donnés hier, ni ceux que j'ai vendus…

– Tu me payeras quand tu pourras, quand le confinement sera fini et quand tu reprendras ton boulot.

– Tu risques d'attendre longtemps ! s'exclame-t-elle.

– Ne t'inquiète pas pour moi, pour le moment je n'ai pas besoin de fric…

– Ah, ben alors tant mieux… merci ! À plus, on s'appelle !

– À plus…

Augustin a pris sa décision pendant la nuit. Il sait Clothilde en difficulté et lui n'a pas besoin d'argent, donc son geste a été facile. Mais par-dessus tout, il ne veut pas continuer à la revoir. Il sait qu'il va droit dans le mur s'il continue cette relation. Elle est trop indépendante, à part le sport, elle n'a pas les mêmes penchants ou passions que lui, et il y a une trop grande différence d'âge. Également, et c'est ce qui l'a décidé, il ne veut pas perdre Marina… Il en est très épris, et déjà il a des remords. Il a réagi comme un adolescent. Pourvu qu'elle ne sache rien de son aventure !

Arrivé à Vence, il téléphone à Sylvie.

– Coucou Sylvie, comment vas-tu ?

– Bien, mais je n'ai pas encore tout vendu…

– Ce n'est pas grave. On peut se voir aujourd'hui ?

– Euh… oui, pourquoi ? Comme je te l'ai dit, je n'ai pas tout vendu… il m'en reste une dizaine à écouler…

– Tu as du mal à les vendre ?

– Non, pas du tout, mais je n'ai pas eu le temps ces derniers jours… j'ai mes filles dont je dois m'occuper. Je les ai vendus vraiment facilement dans mon immeuble. Dans mon quartier, il y a plein d'épiceries et de magasins de primeurs et ce sera aussi simple.

– Tu serais intéressée par une centaine de masques que tu payerais plus tard, une fois vendus ?

– Évidemment !

– OK, on peut se donner rendez-vous à Lingostière, sur le parking Décathlon ?

– Oui… cet après-midi à 14 heures ?

– OK !

Augustin se gare et attend, appuyé sur l'aile de sa voiture. Il est en avance. Le parking est complètement vide, car le magasin de sport est fermé depuis le début du confinement. Jamais il n'avait vu cet espace aussi dépeuplé. Il voulait être discret, c'est un peu raté. Il aurait du mal à expliquer son déplacement à la police, puisqu'il n'y a autour aucun *établissement d'ouvert dont les activités demeurent autorisées*. Il aurait dû stationner à Carrefour, mais vu le monde et son immense parc, le rendez-vous aurait été difficile à organiser.

Il voit arriver une petite Toyota blanche qui, sans hésiter, se range à côté de lui.

Il voit sortir une belle femme en robe rouge et talons, toute pomponnée. « Ah, non ! dit-il, je ne vais pas faire deux fois la même connerie. C'est fou ce que le confinement peut provoquer ! ».

– Hello Augustin ! Tu as des masques à me proposer ? dit-elle, en se dirigeant vers lui avec un grand sourire.

Elle s'arrête près de lui et mime le salut japonais en se baissant, les mains jointes :

– On n'a pas le droit de se toucher… tant pis, c'est dommage.

– Bonjour, Sylvie… oui, j'en ai cent dans le coffre, si cela t'intéresse…

– Tu m'as dit que je peux les payer plus tard ?

– Oui, quand tu les auras vendus, dit Augustin en ouvrant le coffre et offrant la boîte contenant le fruit du travail de Martine & Co.

– Merci beaucoup. Ça va me faire du beurre dans les épinards ! s'écrie-t-elle, en saisissant l'objet et s'empressant de le placer sur le siège passager de sa voiture. Tu es sûr que tu peux attendre ?

– Oui, oui, ne t'inquiète pas !

– Bon, et bien c'est dommage que l'on ne puisse pas prendre un café tous les deux… dit-elle, en s'approchant un peu trop près d'Augustin.

– Avec le confinement ce n'est pas possible, dit-il en esquivant d'un petit pas en arrière.

– Marina n'est pas en Italie pendant les vacances scolaires ? s'inquiète-t-elle, tout à coup.

– Non, en ce moment elle prépare ses cours pour la rentrée, invente Augustin.

– Tu lui diras bonjour de ma part, dit Sylvie, lui tournant subitement le dos et se dirigeant vers sa portière.

Une fois dans sa voiture, elle baisse sa vitre.

– Merci pour les masques, Augustin.

– Il n'y a pas de quoi.

« Les masques restants seront pour Vincent » décrète Augustin sur la route du retour.

# XVII

## Changement de cap

Augustin n'a pas prévu cette impression de solitude qui persiste depuis cinq minutes. Pourquoi cette sensation ? Marina est juste partie voir sa famille. Il peut lui téléphoner à toute heure. Il se réconciliera inéluctablement avec elle. « Pas si sûr, admet-il, elle n'aime pas du tout ce que j'ai fabriqué, même si je ne martyrise personne !... Il faudra que je sois bien persuasif ». Tout à coup une angoisse furtive le traverse : « Je risque de la perdre ! »

Il range et lave son assiette et ses couverts et s'installe dans le canapé avec un café. Il regarde les informations et apprend que les Russes et les Chinois aident l'Italie en offrant des tonnes de masques avec une grosse propagande, un peu maladroite d'après Augustin. « C'est un peu grossier comme méthode, c'est pour faire exploser l'Union européenne ? Et puis c'est "one shot" comme processus, ce qu'il faut c'est un approvisionnement régulier ». Il sourit en pensant au proverbe chinois « apprends à un homme à pêcher au lieu de lui donner du poisson ». Les images du reportage se suivent et présentent un boulanger dans l'Allier qui produit des sandwiches de toutes sortes l'après-midi et va les distribuer, à proximité, aux personnes fragiles, âgées ou isolées. « Faut bien qu'il fasse tourner sa boutique ! » se dit-il, avant d'entendre le journaliste annoncer que le boulanger fait cela gratuitement depuis un mois.

Les images se succèdent et dévoilent un jeune brésilien des favelas récoltant des bouteilles en plastique vides dans les quartiers riches pour les attacher deux par deux avec de la ficelle. Il remplit l'une avec de l'eau pour pouvoir se rincer et met un fond de liquide vaisselle dans la deuxième qu'il complète avec de l'eau : cela fait office de savon liquide. Il perce les bouchons des bouteilles d'eau et de savon et les distribue à tous les livreurs de son quartier qui n'ont pas de gel hydroalcoolique.

Augustin sent qu'il n'est pas du tout en harmonie avec ce qu'il est en train de voir depuis quelques minutes. Il fait « tache », comme on dit, avec son commerce opportuniste.

Il entrevoit petit à petit toutes les personnes à qui il a vendu ses masques. Il imagine la délivrance et le soulagement de tous ceux qui sont en première ligne, qui vont au boulot la boule au ventre, sans armes et sans munitions, comme disait un médecin. Il aurait pu les aider… « Mais donner les masques, quand même, continue-t-il à se persuader, c'est un sacré manque à gagner ! »

Tout à coup il se sent léger et ce sentiment de vide et de délaissement total disparaît lentement, car inconsciemment, il ne le sait pas encore, sa décision est prise. Il réfléchit, mais c'est son cerveau qui travaille, pas son cœur. Il hésite. Il essaie de se convaincre encore de monnayer son stock quasi fini et déjà amorti depuis longtemps, mais le petit malaise revient alors poindre. Il découvre qu'il possède à portée de main les moyens de rendre les gens heureux. Cette nouvelle possibilité de faire plaisir l'attire et il se sent graduellement en phase avec cette perspective… il se construit des scénarii, invente d'éventuelles démarches pour cela, et se sent de mieux en mieux dans sa peau.

Le lendemain, Augustin appelle Thomas, le responsable de l'animation de la maison de retraite « Iris » de St Jeannet.

– Thomas, c'est Augustin, tu sais le chanteur…

– Oui, je t'ai reconnu et tu es dans mon répertoire… comment vas-tu ?

– Bien, je t'appelle pour savoir si tout se passe bien, si vous n'avez pas eu de contaminés…

– Non, pas encore, heureusement, mais tu ne peux pas encore venir…

– Non, non, ce n'est pas pour cela, c'est pour savoir si vous aviez besoin de masques, car j'en ai encore à disposition gratuitement, dit Augustin, articulant distinctement le dernier mot magique.

– C'est très intéressant ce que tu me dis, car on en a justement besoin pour le personnel et pour les pensionnaires.

Il nous reste à peine neuf boîtes, dont une entamée ce matin. Tu me dis que c'est gratuit ?

— Oui, j'ai des stocks à disposition, de combien en aurais-tu besoin ?

— Au moins une dizaine si c'est possible… pour la semaine…

— J'ai ce qu'il faut…

— Nous en avons commandé une centaine il y a deux semaines et on attend toujours…

— Je peux venir cet après-midi vers 15 heures ?

— Très bien, c'est le directeur de l'établissement qui va être content ! Merci, à tout à l'heure.

Augustin remplit son *attestation de déplacement dérogatoire* pour la première fois relax et l'esprit libre. Il coche la case correspondant à l'assistance aux personnes vulnérables. Ce n'est pas la case la plus appropriée, mais il veut éviter celle, plus conforme, qui se rapporte aux missions d'intérêt général, car il faut s'inscrire sur le site gouvernemental pour rejoindre les volontaires, donner son nom, son adresse, son numéro de portable… et obtenir un justificatif d'un organisme d'État. Il veut avant tout éviter les questions et la fouille dans son passé récent, qui acheminerait fatalement les autorités vers son petit trafic.

Il charge dans son coffre le dernier carton de dix boîtes de masques chirurgicaux et roule jusqu'à la maison de repos.

Une fois remises les dix boîtes à Thomas, Augustin retrouve Vincent en fin d'après-midi, avec le reste des masques en tissus, sur le parking de Leclerc.

– Tu es sûr que tu peux attendre que je les vende ? demande-t-il.

– Oui, oui, je ne suis pas pressé, j'ai ce qu'il faut, élude Augustin.

– Il y en a combien, là ?

– Cinquante.

– Ben, c'est sympa ! Merci… tu sais, je n'ai aucune difficulté à les fourguer, il y a tellement de demandes en ce moment… Tu n'as plus de masques chirurgicaux ?

– Non, je les ai tous écoulés…

– T'as dû en vendre un sacré paquet ! Et naturellement tout ça en liquide…

– Ouais, je ne me plains pas.

– Bon, je t'appelle… à la prochaine.

– À la prochaine !

Augustin n'a aucune intention de lui réclamer l'argent plus tard. Lui aussi, comme Clothilde et Sylvie, en a fortement besoin.

# XVIII

# Vlan !

« Les personnes dédaignées avant la crise du Covid (les aides à domicile, les aides-soignants, les infirmières, les caissières, les routiers, les livreurs, les paysans, les éboueurs…) ont été applaudies, remerciées et mises en valeur. Le virus a donné une réponse éclatante aux métiers qui, jusqu'ici, étaient méprisés, mais cependant essentiels. Il n'y a pas que le métier qui est déprécié, mais également son salaire : ce que gagne une infirmière par rapporte à une star du foot… il n'y a pas besoin d'une *photo finish* pour les départager ! » - Ainsi philosophe Augustin, sur le chemin du retour. Il a trouvé Vincent un peu pâle et fatigué. Il avait des gestes un peu lents, pourvu que… Augustin balaye vite une idée qui vient lui traverser l'esprit.

Demain, samedi, il doit aller voir Martine. Il y a de grandes chances qu'elle et ses copines aient fait plus de deux cents masques. Comme son choix est arrêté depuis hier, il va donc aussi les donner… mais à qui ? Il vient de le faire avec ses *vendeurs*, et il n'a plus envie de parcourir le département pour faire du porte-à-porte. Bien que cette fois-ci, il les offre, c'est plus facile… « Et si je faisais tous les petits villages de l'arrière-pays ? se demande-t-il. Je suis certain que tous les employés municipaux des petites communes n'ont pas tous des masques. »

Le samedi après-midi, Augustin sonne chez Martine.

— Bonjour, Augustin, alors vous avez distribué ce que l'on vous a confectionné l'autre jour ? demande Martine en guise de bonjour.

— Pas tout, mais une bonne partie… je vais faire les petits villages de montagne la semaine prochaine, « ils » devraient en avoir besoin, je crois…

— Entrez donc, ne restez pas là, sur le palier !

— Non, non, il vaut mieux que je ne vous contamine pas, vous savez, je vois beaucoup de monde et…

— Arrêtez de raconter des histoires ! coupe-t-elle. Si vous faites attention, tout se passera bien.

— Bon, d'accord, mais on garde nos distances, abandonne Augustin, il ne faudra pas nous embrasser !

— Promis ! s'exclame-t-elle en riant.

La table basse du salon est déjà prête. Des tasses et des petits gâteaux les attendent. Lucien se renverse dans l'un des grands fauteuils du séjour et Martine disparaît dans la cuisine pour réapparaître subitement avec une cafetière italienne Bialetti, la fameuse Moka espresso qui utilise la vapeur d'eau sous pression pour préparer le café.

– Vous savez, confie-t-elle, je n'ai presque plus de café. Le supermarché est en rupture de stock. Heureusement Huguette en avait en réserve… si ça continue, on va manquer de tout !

– Comme le papier toilette ! plaisante Augustin.

– Ne riez pas, « ils » ont montré à la télévision des femmes qui se sont battues en s'arrachant des rouleaux…

– C'est fou !

– C'est moi qui les ai faites ! dit-elle soudain en montrant les petites pâtisseries.

Augustin se sert et admet que ces petites sucreries sont excellentes et n'hésite pas à en reprendre une deuxième fois, à la satisfaction de Martine. Le café est serré : le goût, un peu amer, et son parfum demeurent un long moment dans sa bouche. Il apprécie ces petits moments de bonheur. Tout à coup, Martine se lève et revient quelques secondes après avec un carton rempli d'étoffes multicolores.

– Vous en avez plus de deux cents ? demande-t-il, mais vu le sourire triomphant de Martine, il devine recueillir une réponse affirmative.

– Deux cent onze ! Hier après-midi, Yvonne a sorti une bouteille de champagne. Quand je suis rentrée, j'étais toute pompette ! avoue-t-elle.

– C'est fantastique ce que vous faites, et ils sont toujours aussi beaux…

Augustin rentre en fin d'après-midi avec sa nouvelle récolte. Il stationne le long du mur de la maison. Il ouvre son garage, range le carton sur une des étagères et va vérifier le contenu de sa cagnotte en fer blanc. Elle est dissimulée sur une autre étagère derrière ses bidons vides, placée au milieu des chiffons et d'autres contenants renfermant des liquides de refroidissement et de lave-glace. Il fouille, déplace les bidons, l'aperçoit, la saisit et l'ouvre, quand tout à coup il ressent sur la tête une douleur horrible. Au milieu du fracas des bidons qui l'accompagnent dans sa chute, il s'étale de tout son long et perd connaissance.

Il n'a pas envie de se réveiller, il est trop bien dans son lit, il doit être trop tôt pour se lever… Il ouvre quand même les yeux. Il constate qu'il n'est pas couché dans ses draps, mais allongé sur le ciment de son garage, la tête contre l'une des roues de sa tondeuse. « Qu'est-ce que je fous ici ? ». Il reprend petit à petit conscience. Il se souvient avoir agrippé la boîte en fer blanc et puis… plus rien. Il a des élancements à l'arrière de son crâne. Ce mal lancinant le poursuit debout, après qu'il ait surmonté un début de nausée en se levant péniblement, tout en s'agrippant à l'étagère. Il titube. Il vérifie la blessure à l'arrière de sa tête et constate que sa main est pleine de sang. Il regarde lentement autour de lui et ne voit personne dans le garage. Il réfléchit qu'il a dû rester évanoui un bon moment. Il se retire une manche de son sweat-shirt et applique celle-ci sur la plaie à l'aide de sa main gauche, pour éviter au sang de continuer de couler.

« Putain, les masques en tissu ne sont plus là ! » dit-il à voix haute, voyant la planche de l'étagère vacante. Une désagréable sensation sillonne son ventre en même temps qu'une angoisse : le fric ? Il inspecte la cachette où loge la boîte métallique contenant les soixante-cinq mille euros : elle a disparu aussi. « Les enfoirés ! » s'exclame-t-il. Il scrute les alentours, espérant ne voir personne dissimulé, prêt à l'agresser une seconde fois… Il ne voit rien d'anormal ni de bruit suspect. « C'est clair, ils sont partis… cette bande de pourris ! » marmonne-t-il. Il se dirige vers la porte basculante du garage qu'il ferme d'une seule main, l'autre toujours contre sa blessure.

En montant le petit escalier pour entrer chez lui, il ressent des élancements aigus dans sa tête.

Dans la petite pharmacie, il trouve des désinfectants, des compresses et une sorte de bande adhésive élastique hypoallergénique qu'il entoure autour de son crâne. « On dirait un blessé de guerre », pense-t-il en se regardant dans la glace. « Avec quoi ils m'ont frappé ? » se demande-t-il, toujours persuadé qu'ils ont été plusieurs à l'agresser. « Un qui surveille, un qui frappe ? » suppose-t-il.

Le mal, encore intense, diminue un peu, il décide de changer de sweat et d'aller malgré tout lui-même directement aux urgences.

Le bilan : une heure d'attente et cinq points de suture. Trois heures après, Augustin repasse devant le rez-de-jardin de la maison qui a ses volets clos. « Elle ne me plaindra pas, se dit-il, imaginant Marina en Italie, maintenant qu'on m'a tout volé. »

Il se prépare une salade verte avec une tranche de jambon : un repas frugal, n'étant pas très en forme, n'ayant pas vraiment faim et aussi pour compenser les quatre petits gâteaux ingurgités chez Martine.

Le soir, devant les informations, il apprend que le confinement se prolonge d'un mois, jusqu'au 11 mai !

# XIX

## Outrées

Une semaine après, la plaie est quasi fermée et cicatrisée. L'avantage majeur des fils résorbables est l'absence d'intervention supplémentaire. Cependant, Augustin doit garder le bandeau qu'on lui a apprêté à l'hôpital il y a une semaine. La plaie n'est pas trop profonde, néanmoins, le choc reçu dans le garage lui a paru très violent.

Ce matin, il est un peu contrarié, non seulement par les vols, mais aussi par la future distribution des masques que lui donnera *Martine & Co* cet après-midi : cela fait plus d'un mois qu'il en « distribue » à travers tout le département et une certaine lassitude commence à le guetter. En plus, avec un résultat subitement nul après tant d'effort, il est nettement moins motivé qu'à ses débuts. Il a reçu un coup sur la tête, mais aussi au moral.

Également, Augustin voudrait éviter la facilité en redonnant tout de suite ses masques à ses vendeurs : « Ils en ont environ une centaine chacun, attendons qu'ils les vendent. »

Il a donc un sentiment de frustration, dû au vol, et en même temps un peu de remords pour avoir fait de l'argent (qu'il n'a plus) dans ces circonstances. Cela aurait été plus magnanime et plus grand d'avoir vidé son compte d'épargne pour offrir les masques, en prévoyant l'étourderie du gouvernement ! C'est peut-être ce qu'il racontera plus tard si on lui pose des questions… Mais qui va croire « Saint Augustin » vidant ses comptes bancaires pour venir en aide aux plus démunis ?

Même démotivé après son agression, il maintient son idée de les offrir. C'est une bonne action qui ne coûte pas trop cher puisque Martine est là pour approvisionner. Il est quand même content aujourd'hui d'être venu en aide à ses trois vendeurs et il aimerait aussi le faire pour d'autres qui en ont besoin, directement en contact : il y a énormément de métiers exposés, encore mal équipés et sans défense.

C'est avec ces idées nobles qu'Augustin sonne à la porte de Martine.

— Oh ! Que vous est-il arrivé ? demande, surprise, Martine en ouvrant.

— Rien de grave, j'ai glissé sur de l'huile dans mon garage et je suis tombé, la tête contre ma tondeuse, improvise Augustin, qui avait oublié le bandeau qui orne sa tête.

Il esquisse un pas pour pénétrer dans l'appartement.

— Ah, oui, entrez… dit Martine en s'effaçant. Je n'ai rien préparé… mais il faut que je vous parle.

Augustin ressent un peu de froideur dans le ton qu'emploie Martine. Le fait qu'elle n'ait rien préparé n'augure rien de bon. Aurait-elle deviné son petit trafic ?

– Le monde est petit, commence Martine, Huguette, en allant à la boulangerie avant-hier, a reconnu un des masques qu'elle a cousus la semaine dernière…

– C'est la boulangère qui le portait ? demande Augustin, pour meubler la conversation qui s'engage sur un terrain plutôt glissant.

– Non, c'est une aide à domicile qui était derrière elle et qui attendait son tour… Eh bien vous savez quoi ? Elle l'a acheté 18 euros ! C'est une honte.

– Je n'ai jamais vendu un masque à 18 euros, dit tout de suite Augustin, sans vraiment mentir, mais rouge de confusion.

– Oui, je sais, c'est un certain Vincent. Huguette le connaît de vue, il est au chômage ou à la retraite… et il vend nos masques à ces prix-là ! C'est inadmissible… Alors vous, vous lui vendez à combien ? À 10 ou 15 euros ?

– Moi ? Non, je les leur ai donnés, car ils sont en difficulté, ça leur permet de tenir le coup pendant le confinement… dit-il, en habillant un peu la vérité.

– Vous ne prenez pas de commission ? Vous ne faites pas d'argent sur notre dos ?

– Je n'ai pas fait un sou avec vos masques, a beau jeu de dire Augustin.

– Ah bon… vous semblez dire en avoir donné à plusieurs ?

– À deux autres personnes qui sont également dans le besoin, poursuit Augustin, maintenant plus à l'aise. Une monitrice saisonnière à Villeneuve, que j'ai connue à l'école de voile et se demande comment manger tous les jours et une mère célibataire, avec deux filles de huit et dix ans, qui a du mal aussi à boucler ses fins de mois.

– Quand même… vendre nos masques à 18 euros ! Franchement ils exagèrent ! Ça leur fait des milliers d'euros empochés… et vous, rien ? demande Martine en regardant Augustin droit dans les yeux, guettant la moindre hésitation.

– Ah non, je n'ai rien du tout, dit Augustin, maintenant à l'aise dans sa réponse, je n'ai pas un centime !

– Il ne faut plus leur en donner, car vraiment ils poussent un peu loin avec leur prix. Vous vous rendez compte… j'en suis toute retournée !

– Je n'ai pas l'intention de leur en donner d'autres, je considère que je les ai suffisamment aidés. Maintenant je vais en donner directement à ceux qui en ont besoin… sans intermédiaire.

– Ah, c'est bien, je suis d'accord avec vous. Il ne faut pas les vendre… attendez, je vous apporte notre boîte de cette semaine…

– Vous en avez fait combien ? demande Augustin, maintenant complètement détendu.

– Cent soixante… ces deux derniers jours, on était totalement découragées ! dit Martine, rapportant la *moisson* de la semaine. Mais c'est promis, vous ne les donnez pas pour les vendre ?

– Non, non, n'ayez crainte, je fais le circuit court... directement au consommateur, plaisante Augustin, qui a frôlé la honte quelques minutes avant.

Martine dépose le tout aux pieds d'Augustin et part vers sa cuisine.

– Voulez-vous un café ? J'ai aussi des petits biscuits...

# XX

## Route de Sospel

Ayant l'ancienne attestation du Consulat de Nice pour entrer au Piémont deux semaines auparavant, avec celle italienne actuelle et les papiers prouvant qu'elle travaille à Sophia, Marina n'a eu aucun mal à repasser la frontière dans l'autre sens. Elle a quitté sa maman juste après le dîner. Les routes sont peu fréquentées et ce sont avant tout des camions qui circulent. Après le tunnel de Tende, arrivée en France dans la vallée de la Roya, la circulation est quasi inexistante.

Peu après avoir dépassé Sospel, Marina sent la voiture tirer sur sa droite. Un bruit sourd accompagne ensuite les vibrations de plus en plus amples dans le volant. Marina a compris : elle est victime d'une crevaison. Elle roule lentement quelques minutes pour trouver un endroit approprié et se range sur un terre-plein, un des rares endroits où la route est rectiligne sur une centaine de mètres, à quelques pas d'un lampadaire éclairant de sa lumière blanche blafarde et faiblarde une partie du macadam. Une fois la voiture immobilisée, Marina sort pour constater que la roue avant droite est complètement à plat. « C'est bien ma chance, porca miseria[19] ! » jure-t-elle entre ses dents. Elle ne se décourage pas, car c'est une *femme libérée*. Elle ouvre son coffre rempli de ses affaires et commence à décharger sur le bas-côté ses deux valises, un carton de livres, des dossiers concernant ses cours en France, deux sacs de nourritures résultant du vidage complet de son frigidaire et de ce qu'a offert sa maman, son ordinateur… bref, un quart d'heure après, le tout est vidé sur l'accotement et la roue de secours est enfin accessible. Elle extrait non sans mal la roue. Elle la dépose ensuite, quasiment dans l'obscurité, contre la portière « passager ». Armée de la clef cruciforme, elle essaie de dévisser alors le premier boulon de la roue avant à plat. Impossible. Elle tente de desserrer les quatre autres boulons : même constat, même insuccès.

Elle remet la clef et le cric dans le coffre. Elle est seule en pleine nuit et découragée. Marina alors s'installe dans sa voiture immobilisée et n'hésite pas à téléphoner à Augustin.

— Augustin ? C'est toi ?

— Oh, Marina… où es-tu ? demande Augustin, tout heureux d'avoir sa femme à l'appareil. Elle a fait le premier pas ! Il va tout lui expliquer et lui montrer qu'il veut donner maintenant les masques à ceux qui en ont besoin.

— Je t'appelle, je suis dans le pétrin. Je suis juste après Sospel et j'ai crevé. J'ai essayé, mais je n'arrive pas à changer de roue, je n'arrive pas à la dévisser…

---

19 Bon sang

— Les boulons doivent être grippés, j'arrive… je pense être là-bas dans une heure environ… Évidemment il n'y a personne qui passe en ce moment ?...

— Il n'y a pas un chat ! Il n'y a vraiment personne.

Pendant le trajet Augustin pense à la réaction de Marina. Elle a appelé son mari non pas pour se réconcilier, mais parce que, en difficulté, cela a été son premier réflexe. Ce qui prouve qu'elle considère Augustin la première personne à appeler en cas de problème, même s'il y a un différend entre eux. Pendant la discussion, Marina n'a pas fait allusion, ne serait-ce qu'une seconde, à son commerce, comme si cela était un sujet secondaire. « C'est normal que l'on se dispute de temps en temps, mais le principal est que l'on forme un couple : quoiqu'il arrive, on appelle le mari, quoi qu'il ait fait ! » raisonne-t-il, heureux et fier d'avoir une belle femme qui pense à lui dès qu'il y a un ennui un peu sérieux.

Cependant, cela peut devenir plus sérieux, car elle est seule dans la nuit et Augustin n'aime pas ça. Il réalise tout à coup la situation. Il accélère.

Trois quarts d'heure après Marina aperçoit, face à elle, les phares d'une voiture provenant de Castillon. « Ouh, il a fait vite ! » se dit-elle. Mais plus les phares s'approchent, moins Marina reconnaît le véhicule d'Augustin… « Ce n'est pas lui ! » constate-t-elle amèrement. Cependant la voiture ralentit et s'arrête à sa hauteur.

— Je peux vous aider ? dit un homme d'une quarantaine d'années, à bord d'un véhicule 4x4 Land Rover.

— J'ai crevé et je n'arrive pas à enlever la roue…

— Attendez, j'arrive ! coupe l'automobiliste.

Il repart se stationner quelques dizaines de mètres plus loin.

Marina le distingue dans son rétroviseur, éclairé par l'unique lampadaire. Un bel homme d'un mètre quatre-vingts environ, alerte, blond, aux yeux bleus, la mâchoire carrée accompagnée d'un sourire figé, souvent utilisé pour les marques de dentifrice : il ne lui manque qu'une rose entre les dents ! « Wouhaaa, j'ai bien fait d'avoir crevé ! » se dit-elle en plaisantant. L'homme fait le tour de la voiture et vérifie d'un coup de pied la crevaison du pneu avant. Il s'accroupit et, les coudes sur ses genoux, les bras ballants, observe les dégâts. Entre-temps, Marina sort du véhicule et se poste à côté de lui — Votre pneu est mort ! Vous avez un cric et une clef cruciforme ? demande-t-il.

— Oui, oui, attendez, dit-elle en allant les rechercher dans le coffre.

L'homme, les jambes écartées, saisit la clef à ses deux extrémités et, accompagné d'un « han » sourd et bref, il essaie de dévisser le premier écrou. Sans résultat. Les quatre autres tentatives ne sont pas plus concluantes.

— C'est bloqué ! Et pas qu'un petit peu ! Pouvez-vous vous mettre là, demande-t-il. Je vais m'appuyer sur vous en montant sur la clef.

Les deux pieds sur l'une des branches de la clef, une main sur l'épaule de Marina, l'autre tenant fermement l'outil, le gaillard sautille et quelques secondes après, enfin, un crissement se fait entendre : le boulon se dégrippe.

– La vache ! Faudra faire la même chose avec les autres écrous, dit-il après avoir dévissé totalement le premier boulon.

Il désigne la roue accotée sur la portière passager :

– C'est votre roue de secours là ?

– Oui…

– J'espère qu'elle est assez gonflée…

– Oui, quand je change mes pneus neige, « ils » vérifient aussi la roue de secours.

La séance dure un bon quart d'heure. Une fois la roue remplacée, le cric démonté et celle crevée remise dans le coffre, Marina remercie le conducteur qui s'était arrêté pour l'aider. Elle lui offre de l'eau minérale qu'elle a toujours dans le coffre, pour qu'il puisse se désaltérer et également se laver les mains.

– Merci beaucoup pour votre intervention : seule, je n'y serais jamais arrivée ! lui dit-elle, versant l'eau sur ses mains.

– Je vais vous aider pour charger vos affaires…

– Non, ce n'est pas la peine, je peux le faire moi-même.

– Mais si, dit-il, en allant soulever le carton de livres de terre et le plaçant dans le coffre.

– Non, ce n'est vraiment pas la peine… laissez !

– Bon, OK…

– Je ne sais pas comment vous remercier.

– Moi je sais, dit-il en s'approchant de Marina et lui prenant les hanches.

Elle a un mouvement de recul, et regarde fixement l'homme.

— Ne faites pas ça, ce serait vraiment dommage après l'aide que vous m'avez apportée, ce serait tout gâcher…

L'homme est sourd aux propos de Marina et avance sur elle résolument. Elle l'esquive et se retrouve au milieu de la route. Très rapide, il l'agrippe à l'épaule, lui prend son bras droit, le lui tord dans le dos et la plaque contre le capot du véhicule.

— Non ! crie-t-elle, arrêtez, vous me faites mal ! Au secours !

— Inutile de crier comme ça, il y a personne ici !

— Mon mari va arriver, il va te flinguer si tu continues ! essaie-t-elle de menacer.

— C'est ça ! Pour le moment, je ne vois personne, dit-il, en glissant frénétiquement le plat de sa main entre la peau de Marina et son jean pour abaisser celui-ci.

Soudain, comme la cavalerie qui arrive juste au dernier moment dans les films de série B, des phares au loin les éclairent. En découvrant la scène, Augustin, en plus de mettre les pleins phares, klaxonne sans discontinuer. Il aperçoit le type lâcher sa prise et courir vers sa voiture. Marina se redresse, se met au milieu de la route et écarte les bras. Augustin stoppe juste devant elle. Elle monte immédiatement se réfugier dans la voiture. Augustin, dans le même temps, ouvre sa portière pour rattraper l'individu.

— Augustin ! Fais attention ! crie-t-elle.

Il court vers le 4x4, mais l'individu a beaucoup d'avance. Il entend Marina courir derrière lui. Le type entre dans son véhicule, le met en marche du premier coup tout en enclenchant la première et démarre presque instantanément en tirant sur toutes les vitesses.

– Le salaud ! s'écrie-t-elle essoufflée, arrivant à la hauteur d'Augustin regardant la voiture s'éloigner et disparaître tous phares éteints.

Il n'a pu qu'entrapercevoir un D ou un O et puis un 3 ou un 8 et encore un 5 ou bien un 6… Bref, Augustin n'a pas pu déchiffrer la plaque.

– Il a voulu me violer ! halète-t-elle.

– Oui, j'ai bien vu !... T'as rien ? s'inquiète Augustin.

– Non, ça va… on rentre tout de suite, je ne veux pas rester là. Je n'ai pas pu lire sa plaque… et toi ?

– Non, malheureusement…

– Mince ! Ça va être compliqué de porter plainte !

Ils chargent la voiture.

– J'espère que ce salaud n'a pas le Covid ! dit soudain Marina, aidant Augustin à charger le coffre de sa voiture.

– Je ne crois pas… il n'avait pas l'air malade… essaie de la rassurer Augustin, qui n'avait pas pensé à cette éventualité.

– Il y a des porteurs sains, tu sais, argumente Marina en se contorsionnant pour regarder, avec sa main encore tremblante, le haut de sa fesse droite où l'homme avait glissé sa main.

– Il ne t'a pas postillonné dessus ?

– Non, c'est vrai… mais quand même…

Marina roule maintenant devant Augustin qui *ne la quitte pas d'une semelle.*

– Je peux dormir avec toi ? demande-t-elle, arrivée à Vence.

— Évidemment ! dit-il, trop heureux.

Perplexe et malgré le choc subi, Marina réfléchit sur sa décision.

— Il faudra tout de même que je retourne plus tard en bas, pour ne pas te contaminer avec mes cours que je donnerai après le confinement. Le virus sera sûrement toujours actif.

— Même avant, confirme Augustin, car je vois du monde aussi, et moi non plus je ne veux pas te contaminer.

— Tu continues ton trafic ?

— Non, non, je les offre maintenant.

— Tu en as encore ?

— Non, ce sont ceux de Martine et je les distribue surtout au personnel sanitaire ou à ceux qui sont en première ligne.

— Bien, bravo, dit-elle, sincère, mais tu as quand même fait de l'argent sur le dos de tous ces gens-là au début. Que comptes-tu faire avec tout ce que tu as récolté ?

— Ben… pas grand-chose…

— Comment ça « pas grand-chose » ? s'exclame Marina. Avec les bénéfices tu pourrais aider beaucoup de monde, comme les restos du cœur…

— Non ! On m'a tout piqué…

— Quoi !?

Augustin explique son agression dans le garage. Dans sa lancée, il commente également l'entrevue subie avec Martine, quand elle a découvert que ses masques étaient vendus à dix-huit euros.

— Non, ce n'est pas vrai ! Qui les vendait à dix-huit euros ? demande interloquée Marina.

– C'est Vincent, m'a dit Martine. Les autres opèrent à Villeneuve et à Nice.

L'heure suivante, la conversation change et est consacrée à la crise du Covid. Marina conclue amère :

– Cela fait deux fois que l'Italie est abandonnée par l'Europe. Il y a de plus en plus d'Italiens qui deviennent anti-européens.

– Comment ça ?

– Quand on avait énormément besoin de masques, de médecins, de matériel au tout début, personne n'a levé le petit doigt. Tu te rends compte que ce sont les Chinois, les Russes et les Cubains qui sont venus nous aider ?!

– Les Cubains ?

– Eh bien oui, les Cubains sont venus, une trentaine de médecins, qui sont toujours là, à nous aider…

– Les Chinois et les Russes… c'est plutôt de la propagande… ironise Augustin.

– Ah, oui ! Si tu trouves la frontière entre assistance et propagande tu es très fort ! dit Marina, en haussant légèrement le ton.

– Deux fois, t'as dit… et c'est quand la première fois que l'Italie s'est sentie abandonnée par l'Europe ?

– Avec les réfugiés migrants !

– Ah, les Syriens…

– Pas seulement, les Nigérians, les Soudanais, Camerounais, Pakistanais, Sénégalais… etc.

– Là où il y a une guerre…

– Là où il y a une guerre, mais aussi là où l'on fuit la misère, la famine…

– Oui, je sais, les réfugiés climatiques, mais aussi ceux qui fuient leur pays pour éviter le service militaire…

– Oui, mais c'est normal, tu sais qu'en Érythrée, le service est à durée indéterminée ?… Mais franchement l'Italie, comme la Grèce ou Malte, ne peut pas recevoir toute la misère du monde et l'Europe ne nous a pas beaucoup aidés à ce niveau !

– C'est vrai… admet Augustin.

Après avoir remonté quelques affaires du rez-de-jardin, Marina se couche à côté d'Augustin, déjà au lit, en train de lire un Boileau-Narcejac. Il éteint alors la lumière. Elle se réfugie tout contre lui. Il recueille toute la chaleur de son anatomie. Il se retourne et l'embrasse doucement sur ses lèvres et sur le reste de son corps. Ils s'enlacent et doucement se font l'amour. Peu de temps après, tout en étant blottie auprès de lui, Marina s'endort instantanément.

# XXI

## Plus de vendeurs

Ce dimanche midi, à deux semaines de la fin du confinement annoncée, le couple déjeune sur la terrasse de sa maison. Marina va reprendre ses cours avec ses élèves en visio à partir de demain et Augustin va continuer à distribuer ses masques dans l'arrière-pays.

– J'aimerais bien savoir qui t'a assommé comme ça, lâchement par-derrière, se demande Marina.

– Et qui m'a volé 65 000 euros ! réplique Augustin.

– Un voleur qui en vole un autre… raille doucement Marina.

– Je n'ai rien volé, j'ai fait des bénéfices

– Ne tergiverse pas, tu m'as compris… n'empêche que le coup aurait pu être grave.

– Ils étaient peut-être plusieurs…

– Non, je ne crois pas. C'est quelqu'un qui connaissait ton commerce et qui a fait rapidement un calcul pour deviner l'argent que t'avais mis de côté.

— Il, ou elle, ne savait pas combien j'avais, c'était impossible à savoir.

— C'est vrai, mais cette personne a très vite compris que tu t'étais fait pas mal d'argent avec ce trafic.

— Un café ? demande Augustin en se levant, pour éviter d'argumenter sur le mot *trafic* et sur feue son entreprise.

— Sì, con un pezzo di cioccolato[20], répond-elle, enjouée.

Après avoir croqué son carré de chocolat et dégusté son café, Marina descend au rez-de-jardin.

Augustin reste sur la terrasse en savourant son deuxième café et constate, malgré sa perte sèche de 17 000 euros (si on soustrait ses économies, investies au départ), qu'il est heureux de ne pas avoir de problèmes d'argent, de ne pas être malade, d'avoir une femme qui l'aime et qu'il aime, et de vivre sans pression puisqu'il est à la retraite depuis peu. Il a une retraite honorable et la maison est payée. Pourquoi avoir fait finalement ce commerce ? Un réflexe voyant l'opportunité ? Un défi ? Le plaisir de jouer ?

Pour avoir un bon salaire, pendant toute sa carrière, il a *pondu* des rapports circonstanciés, des comptes-rendus laconiques ou bien des tableaux Excel, parfois à deux ou à trois dimensions, complètement illisibles, ou encore des diapos bien coloriées avec un minimum d'explications et d'informations (il ne faut pas charger la « slide[21] ») et ces dernières bien orientées pour influencer la Direction.

Aujourd'hui, il a l'opportunité d'aider directement les gens. C'est plus sympa et plus palpable que de réaliser un tableau

---

20 Oui, avec un morceau de chocolat.

21 Transparent, diapositif…

de statistiques abstrait, partial et à peine exploité. Alors, autant sauter sur l'occasion !

Quand il avait commencé sa carrière, l'objectif était de gagner de l'argent et devenir « chef » : avoir un beau bureau avec de la moquette, etc. Ensuite, il comprit qu'il valait mieux être spécialiste et exceller dans son domaine. Par la suite, il devina qu'il aurait peut-être mieux valu faire un métier qui lui aurait plu : programmeur de haut vol, pilote, architecte, musicien, peintre, sportif ou entraîneur professionnel…

Maintenant certains jeunes vont encore plus loin : ils demandent de faire un métier utile. C'est-à-dire que le bonheur, pour eux, est de combiner un métier qui plaît, voire qui passionne et qui, en plus, soit utile (par exemple : médecin, professeur, chercheur pour le bien de l'humanité, pour la planète…)

Augustin va donc être utile et apporter sa part dans la lutte contre le Covid. Une toute petite part ! Mais il aura contribué à sa façon.

Il était las de sillonner les routes dans l'arrière-pays et la solution des vendeurs intermédiaires lui a plu : moins d'effort et cela commençait à rapporter gros. Mais il a fini par donner des masques à Vincent, Clothilde et Sylvie. Et il a l'impression maintenant d'être devenu un mec sympa.

Il les a aidés… et il va même aider plus de monde puisqu'il va les distribuer lui-même gratuitement à énormément de personnes.

Il téléphone à Sylvie pour lui expliquer qu'il ne lui fournira plus de masques.

— Hello, Sylvie, comment vas-tu ? C'est Augustin.

— Salut ! Ça va mieux, tes masques mettent du beurre dans les épinards. C'est pour m'en fournir d'autres ? Je ne pourrais pas te les payer, car je n'ai pas assez de fric et j'en ai encore une cinquantaine à écouler.

— Non, justement, c'est parce que je ne peux plus t'en fournir. Mais j'ai ce qu'il faut et tu n'as rien à me rembourser. C'est pour toi.

— Oh dommage, mais je n'ai rien à te payer ?

— Non, on est quittes.

— Super ! Merci, Augustin, c'est très sympa de ta part !

— Pas de soucis, à plus…

Avec Clothilde ce ne sera pas la même chanson. Il faudra couper les ponts et ne plus la revoir. Il prend son courage à deux mains et appelle.

— Allô… Clothilde ?

— Oui, Augustin, comment vas-tu ? Tu sais que tu peux venir, même sans les masques… ce n'est pas obligatoire !

— Eh bien justement, c'était pour te dire que je n'ai plus de masques à distribuer…

— Mince ! C'était bien pratique…

— Et aussi parce que je pense ne plus revenir…

Un silence suit.

— Ah, je vois. Ne te fatigue pas, j'ai compris. Et je fais comment pour te rembourser ?

— C'est bon, on est quittes.

– C'est ton cadeau d'adieu ? C'est élégant… alors salut, dit-elle en raccrochant.

Augustin a vraiment voulu l'aider en lui laissant les masques et non pas compenser sa rupture par un cadeau. Il se sent un peu à mal à l'aise et incompris.

Il appelle Vincent.

– Vincent ?

– Non, Liliane, sa femme. Vincent n'est pas là…

– Ah bon, c'est à propos des masques… dit Augustin, prêt à expliquer sa démarche croyant que Vincent avait oublié son cellulaire.

– Il ne pourra plus s'en occuper, il est à l'hôpital.

– Oh ! C'est grave, il a eu un accident ?

– Il a attrapé le virus, il est parti aux urgences hier. Il avait trente-neuf de fièvre et il arrivait à peine à respirer. Il est en réanimation en ce moment ! dit-elle avec un début de tremblement dans la voix

– Merde !

– Je suis désolée, il ne pourra plus vendre tes masques…

Augustin sent qu'elle va pleurer.

– Mais cela n'a aucune importance ! C'est moi qui suis complètement désolé. Si je peux vous aider… n'hésite pas à m'appeler si t'as besoin d'un service.

– C'est gentil. Non, pas pour le moment. Merci, au revoir.

Augustin est abasourdi. Jamais il n'aurait pensé qu'une personne proche de lui attraperait le Covid. Pour lui, ce sont ceux qui vivent dans les maisons de retraite ou bien leurs personnels, ou encore les infirmières ou les ambulanciers qui risquent d'en être les victimes, mais pas des gens comme lui ou Vincent… Il prend conscience que tout le monde peut attraper à tout moment cette cochonnerie. La femme de Vincent a, même, de grandes chances de l'avoir contractée ! Tout à coup, il pense à lui et à Marina. Les gestes *barrières,* ce n'est pas du cinéma ou de la propagande, mais vraiment une conduite à suivre pour ne pas le choper. Il décide de respecter l'isolement avec Marina au rez-de-jardin comme avant, tant qu'il continuera à distribuer ses masques.

# XXII

## Fin de confinement

Les départements sont classés en codes couleur : vert, orange et rouge. Et les départements très mauvais élèves sont rouge aussi… mais écarlate ! « Le gouvernement a sûrement choisi cette teinte spéciale pour éviter le noir, trop sombre pour la circonstance ! » s'était dit Augustin.

Pour le moment le département de Vence, dans les Alpes maritimes, figure en vert. Augustin, voyant cela affiché au journal télévisé du soir, comprend qu'il pourra continuer à sillonner la région, et même franchir le département voisin pour offrir, sans justificatif, les masques de Martine et de ses copines. Encore 11 jours avant la libération ! Mais Marina et Augustin, comme la plupart des gens, appréhendent de sortir parmi l'éventuelle foule de gens libérés. Car le déconfinement ne signifie pas que le virus soit dompté.

Certains journalistes évoquent la possibilité d'avoir un vaccin avant la fin de l'année, mais des médecins trouble-fête parlent de l'année prochaine, voire dans deux ans. Et de vrais rabat-joie n'hésitent pas à citer l'exemple du sida où le vaccin, après quarante ans de recherches, n'est toujours pas trouvé.

Partie de Chine, la propagation de ce virus a dévasté l'Europe et s'amplifie maintenant en Amérique du Nord et du Sud. La plupart des Américains, comme en Europe au début, n'ont pas pris le Covid au sérieux et la pandémie s'est aggravée pour irradier tous les États-Unis et le Brésil ensuite. Ont suivi, pour les pays les plus touchés, le Pérou, la Colombie, le Chili et le Mexique.

Les jeunes, aujourd'hui, deviennent philosophes : avec une retraite qu'ils estiment lointaine et aléatoire, sachant qu'ils seront moins riches que leurs parents et devant vivre avec le sida, leur avenir n'est pas très rose. Quant au Covid « autant l'attraper : on est jeune et comme ça, ce sera fait ! ». Mais Augustin n'a aucune intention d'accrocher cette saloperie, car à son âge, il y aurait peut-être des complications… fatales.

Même s'il est un peu tôt, même si le virus n'est pas maîtrisé, le Premier ministre français aborde déjà le sujet du déconfinement en pleine quarantaine. Pourquoi ? Est-ce prématuré ? Oui, mais la situation économique est tellement catastrophique qu'il n'a pas le choix. Plus de trains, plus d'avions dans le ciel, plus de spectacles, plus de restaurants, des millions de chômeurs… Il faut faire quelque chose !

Heureusement, les classes scolaires virtuelles fonctionnent, comme celles de Marina, mais il y a environ 15 pour cent des élèves qui décrochent ou, tout simplement, sèchent les cours. Le plus surprenant est d'apprendre que des professeurs eux aussi, heureusement peu nombreux, à peine 5 pour cent des enseignants du public, ont séché des cours ! Marina entend même un syndicaliste de l'enseignement privé sous contrat expliquer comment demander un arrêt maladie sans être malade.

– Tu crois revenir physiquement en classe ? demande Augustin à Marina, un matin au petit déjeuner.

– Non, je ne pense pas, c'est trop compliqué s'il faut respecter les gestes barrières, réfléchit à haute voix Marina. Il faudrait un élève sur deux par table et les placer en quinconce devant et derrière… les salles ne sont pas assez grandes.

– C'est-à-dire que, si tous les élèves sont présents, il n'y a pas de place…

– C'est ça… et pas assez de salles. Dumouriez, notre proviseur, nous a dit dans un email que l'on peut mettre au maximum 15 élèves en respectant les normes, et j'en ai 26.

– Eh bien, vous faites un cours le matin et un cours l'après-midi pour les autres élèves, si vous revenez réellement en classe, dit Augustin en riant.

– Très drôle. Et c'est toi qui vas payer le double de mes heures ? Je pense que des cours de langues avec un masque ce n'est pas la panacée… à moins d'avoir une visière…

– Et tu vas comprendre tes élèves équipés de masques ?

– Non, difficilement. Je pense aussi que la plupart des parents, par peur, ne voudront pas envoyer leurs gamins à l'école. Il vaut mieux continuer à faire nos cours virtuels jusqu'à la fin du troisième trimestre, c'est bien plus commode et efficace et on pourra réaliser éventuellement le programme scolaire entièrement et pour un maximum d'élèves.

– C'est certain et puis vous n'ouvrirez certainement pas les écoles avant les restaurants, les bars et les salles de spectacle.

– T'oublie le bazar que ce serait dans les transports en commun : pas de personnes debout, les masques obligatoires, ne rien toucher dans le wagon ou bien mettre des gants…

– Il faudrait des centaines de rames supplémentaires ou bien imposer des tranches horaires à tout le monde ! Eh bien, ce n'est pas demain non plus que l'on va voyager en avion.

– Ouh, moi je ne prendrai pas l'avion avant longtemps…

– Moi non plus, renchérit Augustin, déjà qu'on perdait une heure à se faire contrôler depuis les attentats du 11 novembre, maintenant vont s'ajouter les examens pour voir si tu as le virus. Ça va prendre un temps fou : la température, prouver avec papier officiel que tu as fait un test préalable, subir une prise de sang, refaire des tests….

– Ouh là, une prise de sang ? Tu y vas un peu fort…

– Ben, c'est mieux qu'une quatorzaine imposée en sortant de l'avion, si tu viens d'un pays jugé à risques où tu aurais passé tes vacances…

Les Français en général n'envisagent pas avant longtemps de prendre l'avion. Le transport, le tourisme et tout ce qui touche de près et de loin aux spectacles sont atteints de plein fouet. Par contre, la télévision augmente son audience, les jeux vidéo sont utilisés encore plus qu'avant le Covid et les ordinateurs portables s'achètent de plus en plus, car le cellulaire, c'est quand même moins commode et moins puissant qu'un ordi ! Dans tout cela, la vente des masques se porte également très bien, mais Augustin, maintenant, les distribue et fait des heureux. Il va poursuivre sa *mission*, car le gouvernement est loin d'en avoir le nombre suffisant et, quand bien même, ils ne sont pas gratuits. Ceux de Martine, si !

Pendant ses tournées, Augustin est nerveux : il pense à Vincent, qui doit être allongé en réanimation. Comment a-t-il pu attraper le virus ?

On a peur de l'inconnu, c'est bien connu… et Augustin, inquiet, se demande comment éviter la transmission de celui-ci. Il se lave les mains dès qu'il en a l'occasion, il prend ses distances avec les gens qu'il rencontre, il a toujours un masque dès qu'il distribue le contenu de ses boîtes. Mais peut-être que, vraisemblablement comme Vincent, il n'a pas été très vigilant au début. Il a vu énormément de monde et se souvient d'avoir serré des mains et souvent ses interlocuteurs n'avaient pas de masques.

Une semaine avant la fin du confinement, Augustin téléphone à Liliane.

— Oui, dit une voix à peine audible.

— Bonjour, c'est Augustin, comment va Vincent ?

Il entend des pleurs.

— Il n'est plus là… il est parti… dit-elle en sanglotant.

— Il est parti ?

— Il est parti au ciel… il est mort ! crie-t-elle.

— Oh non !... C'est terrible… quand est-ce arrivé ?

— Samedi… l'hôpital m'a appelée le matin tôt pour me dire que Vincent était décédé pendant la nuit. Je n'ai même pas pu le voir, dit-elle en larmes, ça s'est passé tellement vite…

Après un moment de silence, elle se reprend.

— L'enterrement est à dix heures mercredi matin. J'ai rédigé une annonce, elle paraît aujourd'hui dans le journal Nice-Matin… dit-elle avec un semblant de calme.

Augustin est atterré. Il connaissait Vincent depuis une dizaine d'années et, bien qu'il n'eût pas l'air très en forme la dernière fois, quand il l'avait rencontré pour lui remettre les masques de Martine, il ne se doutait pas une seconde de cette issue fatale : même atteint par le virus, même à soixante ans, Augustin ne pensait pas une seconde qu'il allait décéder. Il faisait du sport, il ne fumait pas, ne buvait pas, à sa connaissance. Il n'était pas en surpoids : Augustin l'a toujours connu fin et alerte.

Que s'est-il passé ? Il est rentré immédiatement en réanimation, se souvient-il. Peut-être avait-il du diabète, de l'asthme, un cœur faible, ou encore des artères encombrées sans qu'il le sache… Déjà anxieux, Augustin encaisse violemment la nouvelle. Il espère avoir été suffisamment attentif ces derniers temps pour ne pas subir le même sort.

Un matin, dans sa boîte aux lettres, Augustin découvre une brochure de l'école hôtelière de Pierre, son petit-fils. Il a refusé leur invitation à dîner il y a quelques jours, prétextant des examens. Cependant, Augustin est convaincu que la peur du Covid y est pour quelque chose. « C'est pour se faire pardonner qu'il m'a mis cette brochure et qu'il est venu jusqu'ici… je ne devais pas être là et Marina non plus. Il aurait pu mettre un mot ! » se dit Augustin, feuilletant l'imprimé pendant qu'il monte les escaliers. Marina, elle non plus, n'était pas enthousiaste pour convier Pierre pendant cette période. Déjà, elle et Augustin font appartement à part, alors pourquoi prendre des risques ? Elle avait proposé de réitérer l'invitation pour les beaux jours. « Et ça sera plus sympa dehors en plein été », avait-elle conclu.

Quelques jours après, Augustin ressent des courbatures, mais il ne s'inquiète pas, car depuis deux ans qu'il est à la retraite, il court plusieurs fois par semaine pour s'entretenir. Il ne s'alarme pas dès ces premières courbatures aux mollets, au dos et aux épaules, sûr qu'elles sont dues aux montées et aux descentes abruptes du nouveau circuit qu'il s'était accommodé, pour respecter le confinement. Trois jours après, la fatigue et les crampes n'ont toujours pas disparu. Le soir, il trouve que les pâtes à *l'arrabbiata* ont un drôle de goût de carton. Au milieu de la nuit, il se met à transpirer énormément, il est essoufflé et se sent oppressé.

Ce matin, il tient à peine debout.

Sur son cellulaire, il appelle Marina qui dort au rez-de-jardin.

— Pourquoi tu m'appelles sur le portable ?

— J'ai mal à la tête et je n'arrive pas à me mettre debout. Je respire mal et je transpire un max… une vraie fontaine !

— Merde, t'as le Covid ! Reste au lit, j'appelle le SAMU.

# DEUXIÈME PARTIE

# XXIII

## Soins intensifs

Augustin est dans le service où sont hospitalisés les patients les plus graves du Covid. Après un séjour de trois semaines en réanimation avec une intubation prolongée, Augustin sort du coma artificiel et rejoint le service des soins intensifs.

Pendant ces trois premières semaines, il a bénéficié d'une surveillance continuelle de l'oxygénation, de la pression artérielle, des fonctions cardiaque et rénale et, avec le respirateur artificiel, du contrôle de la ventilation.

Lorsqu'il peut finalement sortir de ce service et intégrer celui des soins intensifs, Augustin a perdu 16 kilos. Il est très faible. Il est resté immobile pendant des jours sans que ses bras ou ses jambes n'aient été sollicités. Il a eu des tuyaux dans la bouche, dans le nez, des quantités de médicaments et tranquillisants… dont certains lui ont amené des effets secondaires. Le relâchement musculaire complet et l'assistance générale durant ces trois semaines ont provoqué chez Augustin un manque quasi total d'autonomie. Il doit réapprendre à manger, respirer, ensuite à se mettre debout et garder son équilibre, à marcher, porter… bref, il en a pour plusieurs mois.

Quelques semaines auparavant, le matin du départ d'Augustin en ambulance à l'hôpital Archet, Marina a reçu un rude choc émotionnel. Elle ne connaissait Vincent que de vue, mais sa mort a été un coup et était encore dans son esprit en voyant partir Augustin. Elle savait qu'elle ne pourrait pas le revoir avant plusieurs jours. De plus, elle en serait totalement séparée avec les mesures sanitaires drastiques imposées par le Coronavirus.

Les heures suivantes, elle a prévenu son petit-fils Pierre à Nice. Elle lui a conseillé de ne pas venir d'emblée ou dans les jours suivants, car, avec le Covid en service réanimation, les visites étaient impossibles ou bien rares et en temps très limité. Marina a ensuite averti Kaitlyn à Montréal.

En pleine crise du Covid, pendant et après le confinement, Marina n'a donc pas pu voir Augustin et cela lui a généré une double souffrance : le savoir en grand danger et ne pas être à côté de lui.

Depuis qu'il est placé en service de soins intensifs, les visites sont autorisées. Dès le premier jour, Marina s'est précipitée à l'hôpital pour revoir son mari.

Aussi, quelques jours après son transfert, Augustin est surpris et très touché par la visite éclair de son petit-fils.

– Merci, Pierre, d'être venu me voir… dit Augustin, la voix pleine d'émotion, tout en ayant encore du mal à articuler.

– C'est normal, Papy… Marina m'a prévenu… on a eu peur pour toi, maman, Louis et moi !

– C'est allé très vite, je ne me suis rendu compte pratiquement de rien… Louis et ta maman, ils vont bien ?

– Oui, oui, Maman va bien… et c'est l'année du bac pour Louis…

– Et toi, dans ton école hôtelière ?

– Les cours se passent bien…

– On t'a invité plusieurs fois à manger chez nous…

– Oui, mais je ne pouvais pas venir, j'avais des examens…

– Et ta maman, ça va ? insiste Augustin.

– Très bien, elle a changé de boîte il y a trois mois et depuis elle est très contente avec son nouveau boulot… et toi Papy, t'es sorti d'affaire ?

– Oui, je crois… c'est ce que me disent les médecins.

– Tu te sens comment ?

– Je ne souffre pas vraiment, mais je me sens terriblement faible…

Quand Marina vient voir Augustin, comme tous ceux qui viennent en visite aux malades atteints du virus, elle s'annonce à la réception, qui informe les soignants de sa présence. Elle patiente dans la salle d'attente et le temps lui semble toujours très long, car souvent son mari subit des visites médicales, des traitements, des examens ou des soins.

Arrivée à l'étage où loge Augustin, avec son masque et après s'être désinfecté les mains, Marina enfile des gants, une surblouse, une charlotte et des surchaussures.

La première fois, habillée ainsi en cosmonaute, pendant quelques secondes, Augustin ne l'avait pas reconnue. Lui aussi est peu reconnaissable avec tous ses kilos perdus et entouré d'appareils qui émettent des sons peu habituels, pour assister ses fonctions vitales encore en difficulté. Comme il le dit, il est *pluggé*[22] de toutes parts : des tuyaux, reliés à une perfusion pour l'administration de médicaments, mais aussi pour l'hydratation et la nutrition… Il n'a plus le tube en plastique dans la bouche, relié à un ventilateur, allant jusqu'aux voies respiratoires, mais il a quand même un apport minimum d'oxygène grâce à deux embouts en plastique placés en dessous de ses narines. Il a également une quantité impressionnante de câbles connectés au moniteur central du service comme à celui de sa chambre, qui affiche la fréquence cardiaque, la pression artérielle toutes les cinq minutes et également la saturation en oxygène dans le sang. Autant dire qu'il est surveillé de près et en permanence.

Marina se rend à l'hôpital tous les jours, après ses cours qu'elle donne à Sophia Antipolis.

Pour elle, la réouverture des écoles est inutile, voire contre-productive, pour l'éducation des élèves, mais elle permet de garder les enfants des parents qui retournent physiquement au travail après le confinement. Cela donne aussi une

22 To plug : brancher

occasion de faire une première répétition grandeur nature pour la prochaine rentrée de septembre. Cela dédramatise également un peu la situation, car certains parents d'élèves ont peur pour leur progéniture comme quelques professeurs pour eux-mêmes. D'ailleurs, le premier jour, deux professeurs étaient absents et Marina n'avait qu'une dizaine d'élèves dans sa classe. Vu le nombre peu important d'écoliers, le casse-tête du proviseur pour résoudre le problème de la distanciation, concernant le nombre supplémentaire de salles et de professeurs disponibles à offrir, s'est résolu finalement de lui-même.

Après le confinement, les élèves qui viennent à la *garderie* ne sont pas toujours les mêmes que ceux ayant assisté aux cours virtuels de chez eux, car certains n'avaient pas le matériel ou avaient du mal à se connecter. Marina est obligée de refaire les mêmes cours et donner les mêmes explications dans la majorité des cas. Tant mieux pour les élèves qui ont assisté aux deux cours, celui virtuel et celui *pour de vrai*. Elle a une visière et enlève le masque, ce qui est interdit, mais garde une distance largement respectable. Elle veut professer efficacement et non pas parodier un cours : pour apprendre une langue avec un masque, les élèves ont énormément de mal, car ils ne remarquent plus les expressions du visage ni le mouvement des lèvres et n'entendent pratiquement pas ce que prononce le professeur.

Assise dans le fauteuil à côté du lit d'Augustin, elle contemple la mer à travers la fenêtre coulissante, tout en écoutant Augustin qui, depuis peu de temps, arrive à parler plus distinctement depuis la sortie de son coma artificiel.

— Je me demande quand je vais commencer à me mettre debout et à marcher…

— Ce n'est pas demain que tu vas faire un marathon, ça, c'est sûr ! Ne sois pas impatient, c'est déjà beau que tu t'en sois sorti, regarde Vincent…

— Pfft ! souffle-t-il. Jamais je n'aurais pensé qu'il y serait passé…

— Tu sais que tu as eu de la chance, j'ai eu très peur.

— Je ne me suis rendu compte de rien, je n'ai pas l'impression d'avoir été *absent* pendant trois semaines ! J'ai été très surpris quand tu m'as donné la date…

— Le 29 mai, tu t'es réveillé le vendredi 29 mai, répète Marina

— Martine a appelé pour les masques ?

— Oui, je lui ai dit que ce n'était plus la peine…

— Tu lui as dit ?

— Dit quoi ? Que tu étais à l'hôpital ?

— Oui.

— Évidemment… mais ce qui m'intéresse maintenant, c'est de savoir qui t'a assommé et a pris l'argent… ça m'enquiquine, pour ne pas dire que ça m'agace.

— On ne saura jamais…

— Hum, je vais faire ma petite enquête discrètement, réfléchit-elle.

— Fais gaffe, ça peut être dangereux…

– Mais non ! C'est un enfoiré ou une enfoirée qui aurait pu te faire très mal ou pire, et qui s'est évaporé avec, en plus, un bon pactole. Je voudrais bien savoir qui c'est !

– Laisse tomber…

Augustin est persuadé que cette pseudo-enquête ne servira à rien, mais surtout il ne voudrait pas que Marina aille interroger Clothilde et découvre son infidélité !

– Non, c'est devenu mon affaire… toi, mon petit mari, ta mission c'est de te remettre en forme !

# XXIV

## Renseignements

Augustin a donné à Marina toutes les adresses des personnes chez qui il a distribué des masques.

– Je ne vois pas le numéro de Mathilde ! dit Marina en cherchant dans les contacts du portable d'Augustin.

– Celui de Mathilde ?

– Oui, la monitrice…

– Ah ! Clothilde… euh oui, son téléphone est répertorié à « École de voile ».

Évidemment, Augustin n'est pas tranquille, mais il ne peut pas empêcher Marina de faire son enquête. Cependant, il ne croit pas Clothilde hostile, malgré leur séparation précipitée, au point de dévoiler leurs ébats.

Également, il a expliqué les endroits où il a vendu spontanément les masques en début de crise : les boulangeries, les mairies, des supérettes… etc.

Avant de faire le tour de la plupart de ces lieux, y compris des maisons de retraite, Marina prend rendez-vous avec Martine. Le jeudi 11 juin, à dix heures du matin, elle sonne à sa porte, qui s'ouvre aussitôt.

— Bonjour, Marina, comment allez-vous ?... Entrez donc !

Elle s'exécute et emprunte le couloir de l'appartement.

— Alors, Augustin comment va-t-il ? Ça alors, vous vous rendez compte d'une histoire ? Lui qui est si en forme ! Je n'en reviens pas.

— Oh, vous savez, le virus atteint tout le monde, même ceux qui sont en bonne santé comme les plus jeunes.

— Il faut que je vous dise, mais ne vous offusquez pas, dit-elle, en présentant un des fauteuils du salon et s'asseyant sur une chaise, que votre mari donnait nos masques à des gens qui les vendaient à 18 euros pièce ! Vous vous rendez compte ?

— Oui, oui, je sais…

— Mais c'est une honte ! Même s'ils sont en difficulté, ils exploitent vraiment ceux qui en ont besoin, s'exclame-t-elle, en se relevant pour aller chercher la cafetière dans la cuisine et des biscuits présentés dans une petite assiette en porcelaine décorée.

— Savez-vous que l'un d'eux est mort du Covid ? dit tout de go Marina.

— Oh non ! Je ne savais pas… qui ça ?

— Vincent…

— Oh ! Mais c'est terrible… oui, je le connais… de vue, enfin je le connaissais… c'est lui qui vendait les masques à 18 euros.

– Oui, mais les autres vendeurs aussi… Connaissez-vous d'autres personnes qui, comme vous, fabriquaient des masques qu'Augustin aurait pu ramasser pour sa distribution ?

– Non. Mais je ne crois pas qu'il avait d'autres personnes que nous, car il n'arrivait pas à écouler complètement les nôtres.

– Vos deux copines sont-elles au courant du trafic d'Augustin, enfin, de ses vendeurs ?

– Ben oui, puisque c'est Huguette, en allant à la boulangerie, qui a reconnu un des masques qu'elle avait cousus…

– Et elle en a parlé à son mari ?

– Oui, bien sûr, mais pourquoi vous me posez toutes ces questions ? interroge Martine, le front plissé.

– Parce qu'Augustin s'est fait assommer dans son garage il y a plus d'un mois et on lui a volé tous les masques ! dit Marina, en occultant la boîte en fer blanc qui contenait toute la recette des premiers masques vendus.

– Ah bon ! Mince alors. Et vous pensez au mari d'Huguette ? dit-elle, soudain en riant. Si vous le voyiez, vous vous apercevriez vite qu'il est incapable d'un tel exploit physique… et c'est un vrai rat de bibliothèque, il ne sort jamais.

– Votre autre amie ?

– Yvonne ? Nooon, elle vit seule comme moi, elle ne l'a dit à personne, c'est certain.

Après sa visite, Marina est persuadée que la fuite d'informations concernant l'argent dans la boîte en fer blanc, ou bien des renseignements permettant de calculer l'argent récolté d'Augustin ne viennent pas de Martine et de ses copines : elles ne savaient pas qu'il vendait des masques chirurgicaux trois fois plus chers et qu'il avait commencé à vendre ceux en tissus à cinq euros.

Marina décide d'appeler Sylvie, une des vendeuses d'Augustin, vivant seule avec ses deux filles, pour obtenir un rendez-vous. Elle peut bien sûr l'interroger au téléphone, mais elle préfère la questionner de visu, car elle espère ainsi détecter la moindre hésitation au cas où elle aurait manigancé le traquenard.

— Marina ?

— Bonjour, Sylvie, oui c'est moi… Peut-on se voir ?

— Euh, oui… il y a un problème avec Augustin ?

— Oui, justement, il a attrapé le Covid. Par contre moi, j'ai fait les tests hier à l'hôpital : je suis négative.

— C'est grave ?

— Assez, mais il est sorti de réanimation.

— Ouh, en effet ! Mais moi, ça fait longtemps que je l'ai vu et je ne crois pas être contaminée…

— Non, non, ce n'est pas pour cela, c'est à propos des masques…

— Je ne les ai pas tous vendus… tu veux récupérer ceux qui restent ? dit-elle, un peu embarrassée.

— Non, non, c'est pour autre chose. On peut se voir cinq minutes ?

– Oui, sur le parking de Décathlon à Lingostière, je peux y être cet après-midi vers 14 heures…

– OK, j'y serai… à tout à l'heure.

Si Sylvie a un petit ami, ils peuvent avoir échafaudé une surveillance devant chez eux en *poireautant* discrètement dans une voiture. Augustin lui a laissé une centaine de masques et lui a fait comprendre qu'il n'avait pas de problème d'argent. Elle aurait pu être tentée.

À 14 heures, les deux femmes se retrouvent facilement sur le parking.

– Je suis désolé pour Augustin ! s'exclame immédiatement Sylvie. Comment va-t-il ?

– Il se remet, mais il a passé quand même trois semaines en réa.

– Oh, ça fait beaucoup…

– Oui, il arrive à peine à parler, il a encore du mal à manger…

– Comment il a attrapé ça ?

– Je ne sais pas… mais toi, tu ne vends plus de masques ?

– Avec mes deux filles, je n'ai pas beaucoup de temps, mais j'en ai vendu une cinquantaine et cela m'a bien aidée… tu remercieras Augustin, dit-elle, reconnaissante.

– Cela te suffit pour vivre ? demande Marina avec un regard inquisiteur.

– Oh non, heureusement j'ai le chômage partiel… non, les masques c'est un complément qui nous a servi, mes filles et moi, à manger autre chose que des pâtes !

— Tu vis toute seule avec tes filles, tu n'as pas d'ami en ce moment ?

— Non… mais tu sais, les mecs, en plus en période difficile… tu vois ce que je veux dire, j'ai déjà donné ! Tu es venue pour me proposer d'autres masques ?

— Oui, je voulais savoir si tu voulais que j'en commande d'autres, mais il faudra que t'attendes un petit mois, car il y a beaucoup de demandes, ment-elle.

— Non, je vais d'abord écouler ceux qui me restent, dit Sylvie, ne voulant pas attendre un mois et ayant peur que Marina ne les lui livre pas gratuitement, comme l'avait fait Augustin.

— Tant pis, eh bien, bon courage, Sylvie, j'espère que l'on se verra dans de meilleures circonstances.

— Oui, tu souhaiteras un bon rétablissement à Augustin de ma part.

Marina repart du parking un peu frustrée. Sylvie non plus n'a pas pu faire le coup. Elle est trop spontanée dans ses réponses et ce qu'elle lui a confirmé l'empêche d'édifier un vol prémédité chez eux. Également, elle paraissait ennuyée au téléphone de redonner les masques offerts : elle n'aurait pas eu cette crainte si elle avait volé 65 000 euros ! Apparemment, elle n'a pas de compagnon complice pour savoir où Augustin cachait son argent ou bien pour l'assommer et, seule avec ses filles, elle ne peut pas perdre des heures à aller à Vence et épier Augustin devant sa maison !

Pour Clothilde, qu'elle ne connaît pas, Marina pense à manœuvrer différemment : étant la femme d'Augustin, elle aurait soi-disant une information délicate à lui soumettre et, de préférence, de vive voix si c'est possible. Cette information serait l'hospitalisation d'Augustin dans un état grave, sans lui dire que c'est le Covid. Si Clothilde parle de blessure ou de traumatisme sans aborder le Coronavirus, ou bien si elle sous-entend une date lointaine correspondant à l'agression, elle se trahit…

Marina obtient le rendez-vous chez Clothilde pour le lendemain matin à onze heures, sans rien lui révéler.

– Vous avez trouvé facilement ? demande Clothilde, lui ouvrant la porte du palier.

– Oui, avec le GPS et votre description de l'immeuble je n'ai eu aucun problème.

– Entrez… vous voulez un petit apéritif même si c'est un petit peu trop tôt… je vous propose un verre de rosé ?

– Oui, pourquoi pas.

Marina s'assied sur le canapé du séjour, pendant que Clothilde se dirige vers le réfrigérateur de la cuisine. Les verres servis, Marina attaque le sujet.

– C'est à propos d'Augustin… laisse-t-elle planer.

– Oui… dit Clothilde, ne voulant pas en dire plus.

– Il n'a pas eu de chance…

– Il vous a dit quoi ? se renseigne-t-elle, préoccupée et restant sur ses gardes.

Marina est dérangée par la question et par son attitude, car elle ne paraît pas surprise, par contre, elle semble soucieuse. Marina réfléchit un instant et une hypothèse se présente à son esprit : veut-elle cacher la gratuité des masques obtenus par Augustin ?

— À propos des masques…

— Oui, dit Clothilde rapidement et se décontractant tout à coup, retrouvant même le sourire.

— Il les obtient gratuitement…

— Oh, le salaud ! Il pouvait jouer les grands seigneurs, dit-elle, en perdant totalement le sourire. Tu parles d'un cadeau !

— Un cadeau ?

— Je veux dire qu'il me les avait offerts sachant que j'étais en difficulté…

— Pourquoi « salaud » ?

Marina observe Clothilde qui se croise les mains, tend les bras et, après un moment d'hésitation, son visage redevenant impassible, elle lui répond :

— Eh bien, au début il avait l'intention de me les vendre cinq euros…

— Ah oui, évidemment… mais ce n'est pas cela le sujet de ma visite… c'est qu'il est à l'hôpital et que c'est grave, ajoute Marina, en scrutant à nouveau la moindre réaction de la jeune sportive.

— Oh ! Je ne savais pas. Il a attrapé le Covid ? demande-t-elle spontanément.

— Oui, il est sorti de réa maintenant… rétorque Marina, déçue par le comportement très naturel de son interlocutrice. Bon ! Je ne vais pas vous importuner plus que ça. Désolée, mais il n'aura plus de masques à vous proposer… gratuitement.

– Je n'ai pas encore fini de vendre tous les miens, et remerciez-le pour ceux qu'il m'a donnés… avec tant de largesse ! dit-elle cyniquement et avec amertume.

– Je lui en ferai part, répond Marina un peu embarrassée.

De retour à sa voiture, Marina songe sérieusement à creuser plus loin l'attitude de Clothilde envers Augustin. Sa réaction de colère était déplacée. Et pourquoi avoir mentionné le mot « cadeau » ? Et pourquoi est-il un « salaud » ? À sa place, Marina l'aurait traité de truand, d'enfoiré, d'escroc, de voleur…

« Elle a une dent contre lui, c'est certain… mais pour quelle raison ? »

En tous les cas, Marina élimine pour le moment Clothilde de la liste des suspects, bien qu'elle soit capable de l'assommer, athlétique et agile comme elle est. Elle a de la rancœur envers lui, c'est incontestable, mais elle est trop spontanée dans ses réactions. Ses répliques et son comportement ne trahissent aucunement un vol ou une agression aux yeux de Marina.

Elle pense alors à Vincent et à sa femme. Quand Augustin avait téléphoné au début en tombant sur Liliane, sa femme, elle lui avait expliqué que *Vincent ne pouvait plus vendre ses masques, étant donné qu'il était à l'hôpital.* S'ils ont volé la boîte contenant l'argent, ils n'avaient pas besoin de continuer à les vendre. La réponse mécanique de Liliane, concernant l'arrêt de la vente à cause de l'hospitalisation de son mari, la disculpe. Quoique, ils auraient pu préméditer leur réponse, affirmant qu'ils continuaient à faire du commerce grâce à la générosité d'Augustin, pour ne pas éveiller les soupçons.

« Eux, ils avaient le temps de surveiller Augustin » persiste à croire Marina. Ils demeurent même à proximité ! Mais elle ne veut pas leur faire un procès d'intention. Et, en ce moment, un petit interrogatoire, même subtil et très discret, serait inconvenant et trop épineux. Cependant, Marina garde Vincent et sa femme dans sa liste de suspects.

# XXV

## Suite des recherches

Augustin avait offert dix boîtes de masques chirurgicaux à Thomas, l'animateur de la maison de retraite de Saint Jeannet. Marina l'a rencontré une fois et se souvient d'un homme jeune, grand et fort.

« Recevoir dix boîtes gracieusement offertes d'un coup, tout en sachant qu'Augustin les vendait par ailleurs, cela a pu lui mettre la puce à l'oreille et l'émoustiller », se dit-elle, composant le numéro de téléphone de l'animateur.

– Bonjour… Monsieur Thomas Milan ?

– Oui, lui-même à l'appareil…

– Bonjour, c'est la femme d'Augustin, je suis venue une fois chanter avec mon mari l'année dernière…

– Oui, je me souviens, mais c'est encore trop tôt…

– Non, non, ce n'est pas pour cela que je vous appelle, c'est à propos des masques. Marina s'arrête brusquement de parler pour guetter la réaction de l'animateur.

— Pour le moment, nous avons ce qu'il faut... dit-il, après un moment de silence. Nous avons reçu nos propres commandes avec un mois de retard... mais les masques chirurgicaux d'Augustin ont été utiles, ils nous ont permis d'attendre. Vous voulez nous en donner d'autres... ou nous en vendre d'autres ?

— Nous avons seulement des masques en tissu, si cela vous intéresse...

— Non, nous prenons seulement les chirurgicaux, répond-il sans hésitation.

— Vous avez utilisé des masques en tissu et cela ne vous a pas plu ? demande Marina, toujours surveillant sa réaction.

— On n'en a jamais eu, et les médecins comme les infirmières, ici, favorisent systématiquement les chirurgicaux, car ils respirent plus facilement avec, affirme-t-il sans tergiverser. Pourquoi me demander cela, car je crois avoir insisté la dernière fois sur ce choix avec Augustin ?

— Parce qu'Augustin est à l'hôpital et que je le remplace... je ne sais pas tout, explique Marina, surprise par l'agressivité soudaine de l'animateur.

— Oh ! Je ne savais pas, est-ce grave ? dit-il plus conciliant.

— Il est en soins intensifs actuellement... répond Marina sans en dire plus.

— Il a eu un accident ?

— Comment cela un accident ? continue Marina en jouant l'ingénue.

— Eh bien, est-il tombé ou bien est-ce un accident de voiture ? ...

– Non, non, il a attrapé le Covid. Il a été en réanimation trois semaines, répond Marina, tout en guettant encore une fois la réponse.

– Évidemment, suis-je bête, dit-il, sans aucune émotion dans la voix, j'aurais dû y penser. Avec toutes les tournées qu'il a faites, il a pris des risques. C'est très contagieux cette saleté ; ici, nous prenons beaucoup de précautions. Vous lui souhaiterez un bon rétablissement de ma part et faites attention à vous.

Marina reste sur sa faim : Thomas a hésité une fois pour lui répondre, il est devenu un peu agressif dans ses propos et a spéculé sur un accident au lieu de penser au Covid quand elle a mentionné l'hôpital.

Dans un même temps, il ne possède pas de masques en tissu. Également, il n'y a eu aucun embarras ou de trémolo dans sa voix. Pire, il a parlé d'une façon machinale, comme s'il abordait un sujet ennuyeux. Marina a eu l'impression qu'il s'exprimait de façon totalement détachée, tout en enfilant les formules de politesse habituelles. « Il s'en fout et n'a pas d'état d'âme, ou bien il n'est pas au courant » conclut-elle en fourrant son portable dans son sac.

Marina cependant ne le raye pas totalement de sa liste de suspects : Thomas peut n'avoir aucune complaisance à l'égard d'Augustin, être indifférent à ses malheurs, tout en ayant organisé un vol dans son garage.

Marina prévoit faire le tour des autres maisons de retraite où allait se produire Augustin : Colomars, Carros,

Vence et Gattières. Elle espère bien trouver un indice ou une réaction en confrontant les responsables à ses questions.

# XXVI

## Rééducation

Lorsque Augustin sortit du coma, il n'était pas sorti d'affaire !

Il avait un mal de chien à respirer et c'est pour cela qu'il était encore sous oxygène. Son cœur battait trop vite avec une fréquence irrégulière et, en prime, avec une tension artérielle trop élevée. Il n'avait pas retrouvé le goût non plus et ne sentait aucune odeur. Par « chance », il entendait très bien et n'avait aucun mal de tête ! Il n'avait pas non plus de troubles cognitifs qui sont fréquents avec le Covid et plusieurs semaines de coma. Sa mémoire était intacte, aussi bien celle à court terme que celle à long terme.

Aujourd'hui, s'il a encore du mal à s'exprimer, cela n'est pas dû au processus du langage, mais à l'intubation subie pendant plus de vingt jours : pendant tout ce temps, le larynx n'a pas du tout été utilisé. Augustin, à son réveil, s'était retrouvé avec des complications pour parler et aussi pour déglutir. En mangeant, la substance risquait d'aller directement dans les poumons. Mais si elle prenait le bon chemin, il toussait souvent ou s'étouffait, du fait de l'immobilité totale de tout cet espace non sollicité durant des jours et plus, non plus, habitué à réagir. Il avait aussi beaucoup de mal à mastiquer à nouveau, ce qui n'arrangeait rien. Quand il se remit petit à petit à déglutir presque décemment, sans crachoter, Augustin bénéficia d'une texture de repas adaptée : de l'eau gélifiée et des aliments lisses (des compotes, des yaourts…).

Aujourd'hui, n'ayant pas bougé du tout depuis des lustres, tout lui paraît insurmontable, ne serait-ce que couper sa viande ou ses carottes. C'est un effort physique conséquent, provoquant une grande fatigue, mais il prend son mal en patience, persévère et finit son repas tout seul, comme un grand garçon qu'il est ! Au début, les infirmières prenaient le relais, car avec ses couverts, après quelques tentatives, il était exténué : il n'était plus habitué à tant d'effort.

Depuis, tous ses muscles affaiblis se sont renforcés peu à peu et maintenant, il gagne en autonomie.

Augustin ne s'est pas vu mourir, mais une peur rétrospective s'est installée insidieusement chez lui depuis qu'il est en soins continus. Il vit de temps en temps quelques cauchemars et il craint une réinfection. Heureusement, les signes de stress ne sont pas trop nombreux chez lui, mais la panique de la mort et de l'intubation est toujours présente. Il a appris que son cerveau avait enregistré les sons et la douleur, même pendant le coma.

Avec bonheur, les médecins n'ont pas constaté chez lui un laisser-aller ni une tendance à la dépression, c'est plutôt le contraire, ce qui est un bon signe. Il n'a pas été trop éprouvé psychologiquement. Il n'est pas angoissé, mais il subit de temps en temps des rêves qui lui provoquent une grande anxiété à son réveil.

Quand Augustin pense à marcher plus tard, il sait que ce sera un combat, comme il l'a constaté au début pour manger et même pour respirer. C'est une épreuve à chaque fois, car il a perdu pratiquement tous ses muscles : ils ont complètement fondu !

Les médecins lui ont dit que le retour immédiat au domicile est à oublier. Il ira d'abord dans un centre spécialisé de réadaptation, au sein de l'hôpital, pour reprendre le contrôle de ses bras, de ses jambes, de l'équilibre… bref, de la maîtrise de son corps. Cela sous-entend de joyeuses séances de kinésithérapie, sans oublier celles qu'il a déjà commencées, à savoir : l'ergothérapie, l'orthophonie…

Augustin sait, par exemple, qu'il a deux mois devant lui pour seulement réapprendre à respirer efficacement. Il a à faire face à tout un programme de réadaptation pour réapprendre à manger, à mâcher, à se laver les dents, à se laver… tout court, à se tenir debout, à marcher, bien sûr, pour courir après, ce qu'il espère de tout son cœur. Mais pour le moment, s'il ne somnole pas, il a encore du mal à lire ou à se concentrer, car cela lui demande énormément d'énergie.

Heureusement pour lui, il n'endure pas les effets de l'isolement, qui pousse les personnes faibles ou âgées à se sentir seules et abandonnées, et qui facilite le laisser-aller, ce *glissement* vers la mort.

Marina, dès qu'elle a pu, est venue le voir. Elle avait eu très peur. Elle avait ressenti un vide. Son père l'avait quittée et son mari avait failli l'abandonner à son tour ! Le plus dur, pour elle, avait été de ne pas être à ses côtés. Pendant les souffrances, qu'elle imaginait, elle aurait voulu lui prendre la main, lui dire qu'elle était là, toute proche, à partager ses tourments, à l'aider à surmonter les épreuves.

Aujourd'hui encore, pour Marina, le protocole des visites est toujours très lourd. Son mari est tenu à l'écart pendant son hospitalisation et sa rééducation : il est théoriquement toujours contagieux. Mais son état s'améliore peu à peu et les règles se sont légèrement assouplies.

— Alors, comment vas-tu aujourd'hui ? demande Marina, en s'asseyant dans le fauteuil à côté de la fenêtre.

— Je me suis levé pour la première fois… ben, ce n'est pas évident, j'ai quelques petits vertiges et je ne tiens pas en équilibre. Il faut que je persévère pour améliorer plus tard mon service volé !

— Quelle impatience ! dit-elle en riant. Je vois que tu as le moral…

— Peut-être, mais c'est long ! Heureusement je parle presque correctement, dit-il, avec une voix un peu voilée. Mais j'arrive à peine à manger convenablement et à couper ma viande… tu te rends compte !... Et toi ? Tu progresses dans tes pérégrinations ?

– Pas vraiment… j'ai des indices… plutôt des présomptions, mais ce ne sont que des pressentiments. Je n'ai rien de concret.

– T'as été voir qui ?

– Oh, pas mal de monde, mais je t'en parlerai plus tard, je veux vérifier certaines choses.

– Tu veux vérifier quoi ? Sylvie ou les autres ont les mêmes masques !

– Ce n'est pas là-dessus que je compte obtenir une certitude… j'attends de collecter plus de renseignements…

– Tu parles ! Qu'est-ce que tu veux obtenir ? On m'a piqué du liquide, c'est intraçable !

– Je ne sais pas, je fais des recoupements… je vais voir.

– T'as vu Thomas ?

– Mouais… quand je lui ai dit que tu étais à l'hôpital, il m'a demandé si t'étais tombé ou si tu avais eu un accident… il n'a pas pensé une seconde au Coronavirus. Étrange, tu ne trouves pas ?

– Ah oui, j'avoue que la mode aujourd'hui, c'est plutôt le Covid et non pas de tomber d'une échelle ou d'avoir un accident de la route… surtout en période de confinement !

– Ben oui… tu vois, répond Marina, confortée dans son opinion.

– Mais même si tu décèles la personne coupable parce qu'elle se trahit ou se coupe dans ses propos, reprend Augustin, toujours aussi peu convaincu, tu ne pourras jamais avoir de preuves.

– Et pourquoi ? Si la personne ment ! interroge Marina.

– Tu pourras la confondre, c'est tout. L'argent que j'ai gagné, je l'ai obtenu en faisant du commerce illégal… et je ne l'ai pas déclaré, évidemment.

– Oh, ce n'est pas comme ça que je vois les choses ! On t'a assommé, cela aurait pu être grave et je veux savoir qui c'est. Pour le vol, je ne parle pas de l'argent, je dis qu'on t'a pris des masques, c'est tout.

– Et tu veux intenter un procès ? Ou faire un chantage en menaçant de faire un procès ?

– Je ne sais pas, mais je veux savoir qui a failli te tuer !

# XXVII

## Évasion

Marina est très ennuyée, car elle n'a eu aucune confirmation concernant l'affectation de son prochain poste. Dans quelle école va-t-elle professer l'année scolaire prochaine ? Théoriquement, les proviseurs des collèges, à Sophia Antipolis, lui ont certifié qu'elle irait enseigner dans leurs établissements. Mais il n'y a rien d'écrit et pas encore de réponse officielle du Consulat de Nice. Elle a peur que Rome décide à l'ultime moment de changer d'avis pour remplacer un professeur manquant qui aurait été affecté *subito* à Bratislava ou à Berlin !

Quand ils parlent de Rome, les professeurs expatriés évoquent une nébuleuse où fourmillent des fonctionnaires de deux ministères : de l'éducation et des affaires étrangères. Dans ce dédale administratif, même leurs propres syndicats ont du mal et essaient de les rassurer tout en les informant le mieux qu'ils peuvent.

Mais ne devrait-on pas passer par le Consulat ?

Si, et c'est le proviseur du Consulat qui informe les professeurs sur leurs nouvelles affectations, mais jamais assez vite aux goûts de ces derniers. « Ça leur permet d'avoir de la pression sur nous » avait dit un jour Marina, excédée d'attendre, à Augustin.

Le rectorat français de l'académie de Nice fournit tous les besoins de l'année à venir aux établissements de Sophia et au Consulat italien.

C'est ainsi que le proviseur du Consulat établit les nouveaux postes en prenant en compte également l'échelon (grade), l'expérience, l'ancienneté, la discipline et les spécificités du contrat de l'enseignant (signé à Rome avant d'immigrer à l'étranger). Donc, suivant les exigences des établissements et avec l'approbation du proviseur du Consulat, l'affectation de tous les professeurs est scellée pour l'année scolaire qui suit.

Pour le moment le poste de Marina n'est pas encore garanti et Marina, à quelques jours de la fin de l'année scolaire, n'a pas de réponse officielle pour ses écoles… avec le risque d'être expatriée. C'est une épée de Damoclès qu'elle supporte difficilement et le fait de naviguer à vue la mine. Aussi, elle ne se voit pas déménager, en à peine quelques semaines, à Pétaouchnock, surtout avec Augustin affaibli, en pleine convalescence et en pleine réadaptation !

À ce flou, s'ajoutent les atermoiements concernant les gestes *barrières* pour se protéger du Covid. La visière seule n'est pas une parade suffisante ; les masques non plus, s'ils ne sont pas de type FFP2, la désinfection n'est pas vraiment appliquée systématiquement, les distances ne sont pas respectées à la lettre, les tests sont insuffisants, la moitié des élèves sont absents par peur d'être contaminés et les présents le sont peut-être déjà. Marina, avec Augustin à l'hôpital atteint par le virus et son travail en première ligne, se demande encore comment elle a réussi à ne pas être infectée !

Le déconfinement est enclenché depuis plus d'un mois et Marina a l'impression que quelques personnes confondent, du moins en apparence, fin de confinement avec fin du virus. Il était encore virulent le dimanche 10 mai à 11 heures 59 mm, et après, comme par enchantement, il est devenu moins dangereux et moins contagieux ! La mesure sanitaire a pris le dessus sur la réalité. « Cela ressemble au raisonnement simple de certaines gens : si c'est entendu à la radio, passé à la télé ou écrit dans un journal ou dans un livre… c'est que c'est vrai, il n'y a pas à réfléchir ! » se dit-elle « Si on décrète la fin du confinement, c'est que c'est fini… ben, voyons ! ».

Marina se méfie, à l'instar de sa famille en Italie, de la propagation élevée du phénomène. Ce pays, qui a pris de plein fouet l'épidémie, est aujourd'hui très vigilant.

Elle a accepté cependant de faire une petite randonnée avec des amis dans l'arrière-pays ce week-end. Elle ne veut plus vivre seule comme une sauvage.

Ils se donnent rendez-vous au parking de Bairols, à neuf heures du matin. Il faut emprunter une toute petite route qui grimpe sur un versant abrupt de la vallée de la Tinée pour atteindre ce village perché d'à peine cent habitants. Marina arrive la première ce samedi et attend les autres marcheurs sur un banc, face à une petite fontaine et un petit troquet. Peu de temps après surgit une Fiat rouge avec à son bord quatre personnes. Maryse, la conductrice, que Marina connaît, ayant fait plusieurs parcours en montagne avec elle, n'a pas de masque, comme les autres copains dans le véhicule. Elle se gare à côté de la voiture de Marina. Trois gars en sortent pendant que Maryse reste encore assise. Quelques minutes après, elle jaillit de son véhicule avec son cellulaire à la main et se dirige vers Marina.

— J'ai Pierrette là, tu peux lui expliquer comment venir ? Elle est avec Louise et elle se trouve encore à Carros, dit-elle en lui tendant le téléphone.

Marina est ahurie par tant d'inconscience. On est envahi par les recommandations sanitaires du gouvernement depuis des mois et là, dès les premières semaines de déconfinement, il faut prendre le téléphone de la première personne venue ! Cet appareil est l'un des vecteurs les plus contaminants qui soient. On le tripote sans arrêt, on parle dedans à quelques centimètres, sans masque bien sûr, on l'astique rarement et jamais on ne le désinfecte. Encore hier, elle se souvient qu'à la Poste, cherchant un stylo, l'employé lui avait expliqué : « Prenez le vôtre, car il n'y en a plus en libre-service, on ne peut pas les nettoyer pour chaque client. »

— Non, je ne vais pas prendre ton téléphone… je suis désolée, répond Marina, le plus aimablement possible. Dis-lui de prendre à droite, après le pont du Plan-du-Var.

Elle est convaincue également que Maryse ne vit pas sous le même toit que les trois hommes qu'elle a transportés. Elle pense aux taxis qui prennent de grandes précautions pour transporter les passagers : masques obligatoires, une des fenêtres ouvertes, désinfection du véhicule et passagers interdits à l'avant.

Finalement, au bout de trois quarts d'heure, tout le monde est présent pour l'ascension d'un superbe endroit dominant la vallée de la Tinée.

Trois heures de marche plus tard et ayant gravi plus de cinq cents mètres de dénivelé, les randonneurs s'installent pour déjeuner. Encore une surprise attend Marina :

– Qui veut mes petites tartines de foie gras ? Je les ai préparées ce matin avant de partir, dit Louise en sortant une boîte en plastique et s'adressant à son voisin de gauche, Kevin, l'un des amis de Maryse. Tiens, fais circuler.

Tout le monde, mis à part Marina, s'empresse également de partager ses amuse-gueules, fruits secs, saucissons, chips, morceaux de pizza, salades, tomates, fromages, tranches de gâteau (c'est moi qui l'ai fait), abricots, fraises… et tout le monde picore allègrement et fait passer à son voisin. « Franchement, pourquoi *s'empoisonner* la vie à garder son masque et à mettre des gants chez Leclerc pour choisir ses abricots ou des pommes ? » se dit-elle avec dérision tout en refusant, à chaque fois, le frichti proposé. Elle sort son sandwich qu'elle ne peut distribuer. Elle se sent mal à l'aise et, ne pouvant pas s'associer à cette *bienfaisance*, décide plus tard, pour faire partie du groupe, de faire tourner sa tablette de chocolat. Elle se garde d'en prendre et pense à Augustin encore très faible, à Vincent mort il y a quelques semaines et à tous ceux de son village italien enterrés à la hâte quelques mois auparavant.

Mais cette sortie a ravi Marina, qui avait besoin de changer d'air et d'environnement. Sans le savoir, Marina s'était habituée, avant le Covid, à la liberté de sortir où elle le voulait, quand elle le voulait. Ce confinement a mis en relief le plaisir de l'évasion, de l'autonomie, des balades dans la nature, des promenades à l'improviste, ne serait-ce qu'autour de chez soi. Mais aussi le bien-être de prendre tranquillement un café au coin de la rue, d'aller de temps en temps en été, à la sortie de l'école, à la plage… quand cette dernière n'est pas « dynamique[23] », bien sûr. Heureusement, elle a un jardin et en profite pour mettre le nez dehors à tout moment et apprécier le soleil quand il brille et chauffe son corps, percevoir la petite brise sur son visage provenant de la mer, saisir l'émanation des romarins et l'arôme du thym, chiffonner le basilic planté par Augustin pour accompagner les salades de tomates, pour en humer les effluves… tout cela produit des petites sensations qui ont énormément de valeur pour Marina.

---

23 Plage où il est interdit de s'allonger.

# XXVIII

## Le masque de la Boulangère

L'année scolaire est terminée. Marina a enfin reçu la confirmation qu'elle restera en France. Elle connaît les deux écoles où elle devra enseigner l'année suivante. Elle est apaisée, mais le fait de devoir faire ses cours dans deux établissements différents la contrarie, car, en ayant déjà fait l'expérience quelques années auparavant, elle connaît l'épuisement physique et nerveux que cela occasionne. Il faut être organisé pour transporter les documents adéquats, répondre et coordonner les exigences des deux proviseurs, se déplacer continuellement entre les deux écoles… et cela la chagrine déjà. Étant dans le même collège cette année et l'année précédente, la vie en était facilitée : les cours se suivaient, sans « trous » entre les cours, qui peuvent atteindre trois heures (trop court pour avoir le temps de revenir et repartir de chez soi) et, bien sûr, pas de transport entre les écoles.

« Je ne vais pas me plaindre, je reste encore en France cette année, c'est déjà ça de gagné » se persuade-t-elle. « Pourvu qu'ils n'aient pas la méchanceté, par bêtise et par manque d'organisation, de me mettre sur trois écoles plus tard ! » pense-t-elle soudain.

En vacances d'été depuis quelques jours, Marina a tout le temps d'aller fouiner les maisons de repos pas encore visitées, les boulangeries et les supérettes dans l'arrière-pays… « Tu perds ton temps, lui a dit Augustin, comment veux-tu deviner ou découvrir le mec ou la nana qui m'a assommé et piqué le fric, c'est impossible ! J'ai fait des centaines d'endroits… tu ne te rends pas compte du nombre de boulangeries que j'ai pu solliciter, j'ai sillonné tout le département… aussi, comment veux-tu qu'ils sachent que j'avais de l'argent ? ». « J'ai ma méthode », lui a répondu Marina, qui entend avant tout se baser sur son intuition ou, si la chance lui sourit, qui sait, sur un détail révélateur.

Après le confinement et avec le début de l'été, Marina est, somme toute, heureuse de circuler à travers le département. Elle ose à peine se l'avouer : la recherche d'indices est un prétexte et un fil rouge pour voyager dans les parages. Découvrir tous ces villages perchés de l'arrière-pays avec leurs promontoires qui offrent une vue dominant la vallée d'où l'on vient et permet d'apercevoir, plein sud, dos aux montagnes, la mer et son littoral.

Ces villages ont leurs maisons accrochées aux rochers depuis le Moyen-âge. Leurs rues sont plutôt des *passages piétons*, mais les voitures des autochtones y circulent depuis toujours en frôlant les murs des façades. Quand il arrive que deux conducteurs se rencontrent, car rarement une ruelle est à sens unique, l'un des deux recule jusqu'à, très souvent, une placette où coule l'eau d'une fontaine aussi âgée que l'église du village.

Par bonheur, il y a des parkings aménagés à l'entrée de la plupart de ces villages. C'est là que Marina se gare, car elle ne veut pas s'aventurer dans le dédale de ces rues autrefois empruntées traditionnellement par des carrioles tirées par des ânes.

Une fois rejointe à pied la place principale avec la fameuse fontaine, l'église, le bar unique du village et parfois une épicerie, Marina dégote rapidement la boulangerie à quelques pas de là, si elle ne l'aperçoit pas directement sur l'esplanade. Dans une ruelle de Castel Bosio, petit village perché dans la vallée de la Tinée, Marina repère la boulangerie.

– Bonjour, Madame, qu'est-ce que ce sera pour vous ? demande une petite blonde, derrière son comptoir assorti de tartes aux pommes et de croissants, levant les yeux après le tintement de la cloche au-dessus de la porte que Marina vient de pousser.

– Rien, c'est seulement pour demander un renseignement…

– Sur le village ?

— – Non, non c'est seulement pour savoir s'il y a quelqu'un qui est venu chez vous vous vendre des masques chirurgicaux ?

– C'est possible… c'est pour quoi ? répond-elle, méfiante.

– C'était mon mari, il est à l'hôpital en ce moment, dit-elle pour amadouer la boulangère, et c'est pour vous en proposer d'autres, car j'ai aussi des masques…

– Je suis désolé pour votre mari, mais nous avons ce qu'il faut. Je m'en souviens : un homme d'une cinquantaine d'années, il y a très longtemps… il y a plus de trois mois. J'avoue qu'à l'époque nous étions très contents, mon mari et moi, d'avoir pu en acheter deux boîtes ! Qu'est-ce qu'il a ? C'est le Covid ?

– Oui… mais il va mieux maintenant. Je vois que vous portez des masques en tissu, ils sont très jolis d'ailleurs… c'est lui qui vous les a vendus ?

– Je vois que vous portez des masques en tissu, ils sont très jolis d'ailleurs… c'est lui qui vous les a vendus ?

– Non, non… dit-elle précipitamment, c'est ma tante qui les confectionne.

– Eh bien, vous direz à votre tante qu'elle est très douée, complimente Marina, qui détecte chez son interlocutrice une petite crispation.

– Je les prends pour la clientèle, continue la boulangère plus calmement. Mon mari, lui, il prend les chirurgicaux dans l'arrière-boutique, car on respire mieux avec… et puis, vous savez, devant les fours !

– Mon mari vous les vendait à un euro le masque… à vous aussi ? demande Marina, en essayant d'être le plus détachée possible.

– Oui, oui, c'était un prix très raisonnable… 50 euros la boîte… mais la pharmacienne m'a dit qu'ils valaient 30 centimes avant la pandémie ! Votre mari a dû faire de gros bénéfices… vous les vendez combien maintenant ? dit la boulangère avec un regard par en dessous et qui sous-entend : « Je ne suis pas naïve, je vois bien votre business. »

— Je n'ai pas de masques chirurgicaux, mais seulement en tissu qui sont vendus au prix coûtant… ce sont des amies qui les fabriquent pour aider les professions qui en ont besoin, répond Marina qui a une réplique toute faite, préparée quelques jours avant.

Il n'y a pas de clients dans le négoce et la personne est bavarde. C'est le cinquième village qu'elle visite et c'est la première fois qu'elle sent qu'il y a matière à dénicher des indices.

— Votre masque est vraiment joli, mais renseignez-vous, il n'est peut-être pas conforme, continue Marina, qui essaie de tâter le terrain.

— Oh, il est conforme, il me l'a dit avant de me les… La boulangère s'arrête au milieu de sa phrase. Un peu embarrassée, elle regarde Marina qui sourit.

— De me les vendre, reprend Marina, pourquoi vous ne vouliez pas me le dire ?

— Oh, ce n'est pas un secret d'État, dit tout à coup la boulangère, mais la personne qui nous les a vendus nous a demandé de ne pas le divulguer, parce qu'il les aurait volés à sa femme qui en fabrique bénévolement.

Marina élimine d'office Augustin, qui n'a vendu pratiquement aucun masque de Martine et de ses copines directement. Cependant, par acquit de conscience, elle demande si c'était la même personne qui lui avait vendu les chirurgicaux.

— Non, ce n'était pas votre mari, dit-elle spontanément, votre mari c'est bien un homme d'un peu plus d'une cinquantaine d'années, blond…

— Oui, c'est ça. Il était comment alors votre deuxième vendeur ? demande-t-elle, en pensant immédiatement à Vincent.

— Un grand, un peu en surpoids et assez âgé, je dirais : pas loin de quatre-vingts ans.

Vincent était petit et mince… ce n'est pas lui, de toute évidence.

De retour dans sa voiture, Marina passe mentalement en revue tous les « amis » d'Augustin. Ils ont tous, la plupart, la cinquantaine, voire la vingtaine d'années quand il s'agit de ses partenaires de tennis… mais un copain âgé de quatre-vingts printemps ?! Elle ne voit pas. Ses parents, cousins éloignés de cet âge ou plus, sont morts. Elle en est convaincue, le masque de la boulangère ressemble trop à ceux qu'elle avait vus dans un carton sur une étagère du garage, avant qu'Augustin se fasse agresser.

Tout d'un coup une réponse s'impose à elle : « Je n'y crois pas ! » s'exclame-t-elle à haute voix. « Mais c'est le mari d'Huguette, le libraire ! ». Elle téléphone à Augustin.

— Marina ? Comment vas-tu ? dit Augustin d'une voix claire.

— Bien… je t'appelle pour de demander si tu connais le mari d'Huguette.

— L'ancien libraire ?

— Oui !

— Je ne l'ai vu qu'une fois accompagner Huguette chez Martine. Il est grand, il doit avoir plus de quatre-vingts balais !

— Il est gros ? Il est mince ?

— Oh, il a une petite bedaine…

— Punaise, c'est pas vrai !

— Quoi ?

— Ben, c'est peut-être lui qui t'a assommé.

— Ne raconte pas de conneries ! Tu rigoles, un mec comme ça…

— Mais il a vendu des masques en tissus à Castel Bosio, les mêmes que les tiens ! J'en ai la preuve.

- Wouaaah… Alors là, tu m'en bouches un coin. Pourtant j'ai du mal à croire qu'il m'ait assommé… Et pourquoi il vendrait des masques s'il a l'argent de la cassette ? Ça tient pas debout !

— En tous les cas c'est lui qui a vendu les masques à la boulangère…

— Une petite blonde un peu boulotte ?

— Oui… mais tu ne m'écoutes pas !

— Si, mais je n'y crois pas. Je veux dire que ce n'est pas lui qui m'a agressé.

— T'as peut-être raison… mais alors si ce n'est pas lui, il vole pourtant bien les masques de sa femme…

— Peut-être qu'il les lui pique pour se procurer en cachette des cigarettes, ou de l'alcool… ou des DVD pornos !... si, des DVD pornos !... insiste-t-il en riant.

— Arrête, ce n'est pas drôle…

— Mais si…

— Mais non, et ce serait plutôt triste si c'était le cas… mais c'est vrai que parfois on est surpris par ce que l'on découvre. Bon ! Je ne vais peut-être pas insister sur cette piste, achève-t-elle.

Pendant le retour, Marina retourne tous ces événements dans sa tête. Il y a quelque chose qui grippe : ce n'est pas le libraire… pourquoi ? Il est vrai qu'il est absurde de continuer à s'enquiquiner à faire du porte-à-porte si l'argent de la cassette est en sa possession. Cependant, si en vendant les masques volés de sa femme, il découvre le trafic d'Augustin, commencé bien avant le sien, cela éveille son attention. Il calcule approximativement ses bénéfices déjà empochés. Il présume également que Marina ne doit pas être au courant de sa manigance… comme sa femme concernant ses petits larcins. Il en déduit alors qu'Augustin cache certainement à son épouse ses masques et ses recettes en dehors de son domicile. « Et du coup, il le suit pour tout lui prendre ! » s'écrie Marina dans sa voiture.

# XXIX

## Soupçons

La plupart des amis de Marina attendent que le virus devienne moins virulent et surtout qu'il se propage moins facilement. Et pourquoi ne disparaîtrait-il pas totalement à la fin de l'été, comme par enchantement, à l'instar de la grippe espagnole après la Grande Guerre ? Mais malheureusement, cette dernière a duré deux ans et apparemment il y a eu trois vagues successives… et la deuxième vague du Coronavirus, s'il y en a une, n'est pas encore enclenchée. Sera-t-elle plus contagieuse ? Sera-t-elle plus virulente que la première ? Les statisticiens, dans les médias en France, vont-ils se polariser sur le nombre de cas ou bien sur le nombre de personnes en réanimation (les places libres dans les hôpitaux) ou encore sur le nombre de morts ?

« Je pense que ça dépend des politiques et du lobbying, avait suggéré un jour Marina à une de ses collègues. On accuse la population de ne pas respecter les gestes barrières et on aura encore des restrictions et des contraintes. Mais c'est quand même agaçant que, lorsqu'il y a beaucoup de cas et peu de morts, on ne parle que du nombre de cas et on oublie de mentionner le peu de décès ! Par contre, s'il y a peu de cas avec un virus virulent, on nous laissera peut-être tranquilles, mais il n'y aura plus de places dans les hôpitaux et l'État sera obligé, dans l'urgence, d'augmenter leurs personnels, embaucher et accroître enfin le budget de la santé : ça coûtera très cher et, comme le gouvernement travaille toujours à l'arrache, le personnel ne sera pas formé. Donc avant, il va appeler les militaires ou aménager des solutions temporaires. Et puis, s'il y a trop de morts, ce sera encore la faute des jeunes et des EHPAD, évidemment ! De toute façon, on aura toujours un minimum de contraintes et ça promet d'être long, avait-elle fini par conclure, et je ne pense pas qu'on trouvera un vaccin rapidement. »

Une des hypothèses aujourd'hui citées, pour expliquer l'extinction de la grippe espagnole, est l'immunité collective. Les victimes les moins fragiles survivent au virus. Si le pourcentage de ces personnes est élevé, le virus se propage difficilement et cela amène l'épidémie petit à petit à l'extinction. Mais cette grippe a fait quand même 50 millions de morts dans le monde. Aujourd'hui nous n'avons pas encore atteint le million de morts… Mais cela ne saurait tarder. La Suède refuse de faire le confinement total pour préserver son économie et compte sur l'immunité de sa population. Cependant elle a dix fois plus de morts que ses voisins, que sont la Norvège, la Finlande ou le Danemark. Donc, en France, si l'on ne veut pas utiliser la sélection naturelle, il va se passer un long moment à respecter les nouvelles mesures sociales et sanitaires. Et, à l'arrivée du vaccin, il faudra encore du temps pour vacciner les plus vulnérables et ensuite pratiquement toute la population, avant d'être à l'abri du virus.

« En Afrique, il y a nettement moins de cas qu'en Europe ou qu'aux États-Unis, avait dit Lucile la semaine dernière à Marina, lors de son coup de fil pour prendre des nouvelles d'Augustin, et avec la chaleur, cet été, le virus va peut-être s'affaiblir, sinon disparaître ! »

Marina n'en est pas convaincue, et cela pour plusieurs raisons : en Afrique, la population est nettement plus jeune que dans les pays occidentaux, donc moins de « vieux », mais également moins d'obèses, et il y a moins d'échanges internationaux sur ce continent. « Il n'y a pas beaucoup d'échanges internes non plus, avait ajouté Augustin, il n'y a pas les routes ou les voies ferrées que l'on connaît en Europe. Là-bas, il faut un véhicule tout terrain si tu veux circuler ». « Tu exagères toujours, avait riposté Marina, mais c'est vrai que les infrastructures sont moins développées qu'ici, ce qui ralentit la propagation ». De toute façon, toute la planète est contaminée et son économie commence sérieusement à ralentir, en particulier dans les domaines concernant le tourisme, les transports (surtout l'aérien) et les spectacles. Par contre, le virus favorise certains secteurs : les jeux vidéo, la télé, les ordinateurs, la grande distribution, qui voit son volume de vente augmenter (les gens n'allant plus au restaurant), les livraisons à domicile, et d'autres spécialités qui *surfent* sur toutes les vagues, actuelles et futures, de la pandémie. Ces domaines se développent et engrangent les bénéfices. Dans toute crise, il y aura toujours des opportunistes qui s'adaptent et exploitent les créneaux. Il y a des produits qui se vendent plus que d'autres suivant les périodes, comme les masques qu'Augustin a sentis venir, mais il y a aussi des produits qui se vendront toujours, à savoir ceux de première nécessité et étrangement les produits de luxe, car il y aura également toujours des riches… même s'ils ne sont pas les mêmes (ceux qui se sont adaptés !).

Bref, Marina, comme Augustin, sait très bien qu'elle ne récupérera pas la *richesse* provenant de la vente des masques. Ces 65 000 euros sont perdus à jamais. Pas d'illusions.

Par contre, elle n'a pas abandonné l'idée de retrouver le coupable, l'agresseur, le presque assassin !

Elle décide de rendre visite finalement à la femme de Vincent, qu'elle a rencontrée déjà plusieurs fois. C'est acceptable, cela fait presque trois mois qu'il est décédé et Marina envisage donc de l'interroger, mais avec délicatesse. Elle n'a à disposition que le numéro de portable de feu Vincent qu'elle espère encore valable. Elle le tapote. Après trois sonneries, une voix féminine se fait entendre :

— Allô, oui ?

— Bonjour, Liliane, je suis Marina, la femme d'Augustin avec qui Vincent allait courir…

— Ah, oui… merci d'être venue à l'enterrement. J'ai appris qu'Augustin a attrapé aussi le virus… Il s'en sort ?

— Oui, il a passé le cap. Il est en train de réapprendre à marcher… Dire qu'il a connu ton mari en courant, quelle ironie du sort !

— Je suis contente qu'Augustin ait pu s'en sortir… j'espère pour lui qu'il pourra recommencer à courir, dit-elle avec sincérité.

— Merci beaucoup, Liliane, et je suis désolée pour Vincent. Augustin appréciait de courir avec lui… et de prendre un verre toutes les semaines…

— Oui, ils allaient au bar des sports à Vence.

— Je te propose de prendre un petit café là-bas, si tu peux… vers 15 heures cet après-midi ?

— D'accord, répond Liliane après un instant d'hésitation.

Marina est satisfaite de la voir et pouvoir lui poser des questions concernant les masques. Elle a peur d'être maladroite, mais si elle ne se lance pas maintenant, il sera trop tard pour savoir : les émotions ne seront plus les mêmes et les réactions non plus. Certes, il y a le bouleversement dû à la perte d'un être cher, mais le vol est encore relativement récent et, si la personne est coupable, elle peut encore réagir avec affolement ou se contredire. C'est ce qu'escompte Marina.

Sur la terrasse, à l'ombre du store du bistrot, les deux femmes profitent de l'ambiance estivale. Il y a peu d'étrangers, mais beaucoup de vacanciers, français, autour d'eux. Liliane évoque ses souvenirs lointains de vacances avec Vincent au bord de l'océan.

— C'est bizarre, on habitait Vence avec les plages toutes proches et on allait en vacances avec les enfants à Arcachon !

— À Arcachon même ? Vous vous baigniez dans le bassin ou dans l'Atlantique ?

— Non, sur la plage d'Arcachon, les gamins étaient trop petits pour les vagues de l'Océan. Quand ils ont été plus grands, les dernières années, on allait de temps en temps à Biscarosse.

Marina décide de *sonder* Liliane sur-le-champ en changeant de sujet.

— Tu as toujours les masques de Vincent ?

— Oui, bien sûr… pourquoi ?

— Il t'en reste combien ? demande-t-elle, sachant qu'Augustin lui en avait fourni 80 au total.

— Je ne sais pas, une trentaine, peut-être un peu plus… dit-elle. Si tu veux m'en vendre d'autres, ce n'est pas la peine, moi je ne vais pas faire ce qu'a fait Vincent… je ne veux pas attraper le Covid !

— OK, pas de soucis, je voulais seulement t'en proposer, si cela t'intéressait, improvise Marina.

Marina est déçue : Liliane ne s'est pas trompée sur le nombre de masques restant. Tout à coup, elle remarque aux pieds de Liliane des baskets d'une marque prestigieuse en cuir velours, apparemment toutes neuves et valant, au jugé de Marina, facilement 500 euros.

— Wouaaah, elles sont super tes chaussures, tu les as achetées où ?

— Ah, oui… à Polygone, elles sont bien, hein ?

— Oh, oui ! Tu les as achetées quand, car je n'en ai pas vu des comme ça ?

— Je me les suis procurées juste après le déconfinement, j'avais trop besoin de sortir ! dit-elle tout enjouée.

– Elles sont vraiment belles… Elles coûtent cher ? demande Marina avec un air le plus détaché possible.

– Euh… oui, mais c'est Vincent… avec mes fils qui me les ont offertes… pour mon anniversaire.

– Ah, ton anniversaire… c'est quand, toi ? Moi, c'est au mois de juin.

– Moi, c'est au mois… de mai, dit-elle après avoir hésité, en rougissant d'une telle façon que Marina remarque le changement de couleur de sa peau sur son visage.

Brusquement, Liliane range ses affaires dans son sac et se lève.

– Ne t'inquiète pas, je vais payer, dit-elle en se dirigeant vers le comptoir à l'intérieur du café.

Liliane est déjà en train de payer que Marina réalise la disparition de son interlocutrice. Liliane repasse ensuite devant elle, souriante, et lui fait un petit signe de la main.

– Merci pour ton invitation, Marina, mais je dois y aller, au revoir.

Marina reste plantée sur sa chaise sans bouger. La conversation a tourné court.

La surprise passée, elle commande un deuxième café noisette, *un caffè macchiato*, faillit-elle dire. Elle se penche en arrière et réalise ce qui vient de se passer. « Je ne sais pas quelle est la situation de ses fils à Paris, mais s'acheter des baskets à ce prix, en ayant à peine de quoi vivre, ce n'est pas normal… à moins d'avoir piqué l'argent dans notre garage, évidemment. Elle a mentionné *Vincent* au début… c'est évident qu'il ne pouvait pas les acheter, et du coup, elle a ajouté ses fils. Ils seraient venus de Paris les voir ? Et puis, je l'ai bien vu rougir, elle était vraiment mal à l'aise ! Ou bien ai-je été malhabile en la questionnant directement comme ça, après la mort de son mari... Elle est partie pour ne pas pleurer devant moi ou pour éviter de m'insulter ? C'est vrai qu'elle ne s'est pas *plantée* pour les masques. Mais, si Vincent est l'agresseur, continue-t-elle à cogiter, il est facile aussi de savoir combien il en restait avant d'aller assommer Augustin. Elle n'a pas eu l'étourderie d'additionner ceux restant de Vincent avec ceux volés, c'est-à-dire largement plus de deux cents ! La différence est trop importante pour se tromper, ou même pour hésiter à répondre ».

Marina a quand même atteint son objectif : Liliane a réagi. Au jugé, elle a paniqué et elle s'est enfuie. Pour Marina, elle reste louche et Vincent demeure le suspect numéro un. Et si elle accepte, difficilement, d'adopter le raisonnement d'Augustin, ils seraient deux à avoir participé : une qui surveille, Liliane, et un qui assomme, Vincent.

# XXX

## Furibonderie

Clothilde a accepté un deuxième rendez-vous. Elle a même invité Marina à venir dans son appartement.

Après avoir appuyé sur le bouton de sonnette à l'extérieur, le petit portail s'ouvre et après s'être engagée dans la petite allée menant à l'immeuble, Marina aperçoit Clothilde qui l'attend sur le seuil. En survêtement bleu où l'on peut distinguer, sur la manche, une planche à voile stylisée, Clothilde l'accueille avec un franc sourire.

— Je vous propose du thé ou un café, vu l'heure !

— Un café, il est peut-être trop tard pour vous… Je suis désolée.

— Non, non, je n'avais rien à faire la fin d'après-midi, car le peu de cours que l'on donne sont déjà terminés… on peut se tutoyer, non ?

— Oui, bien sûr. Je suis venue pour éclaircir quelques zones d'ombre à propos d'Augustin.

— Vas-y ! Je t'écoute… dit Clothilde du fond de sa cuisine.

— Tu sais où l'on habite ?

— À Vence, c'est ça ?

— T'es jamais venue ? demande Marina, guettant la réaction de Clothilde.

— Ben non, je ne vous connaissais pas vraiment, à part la chute d'Augustin à Vars…

— Tu en veux toujours à Augustin ? demande Marina changeant de sujet.

— Non, c'est bon, c'est une histoire oubliée… c'est pour cela que tu es venue ?

— Oui, un peu, Augustin est un peu ennuyé d'avoir abusé, mystifie-t-elle.

— Mais moi, j'en ai profité dans un sens… dit Clothilde un peu trop rapidement.

Heureusement elle constate avec bonheur que la réponse donnée s'accorde pour les deux événements : la vente des masques et l'aventure avec Augustin.

— Oui, bien sûr… c'est enterré alors ? demande Marina, n'ayant pas saisi le double sens de la réponse.

— Ah oui ! Complètement. On n'en parle plus, dit Clothilde en apportant le café.

Elle a l'impression de jouer un vaudeville de Labiche assorti de quiproquos.

Cependant Marina a cru discerner un certain sarcasme derrière la dernière réponse de Clothilde, mais elle n'y prête pas attention : son amertume provient certainement du cynisme d'Augustin d'avoir été envisagée pour se faire exploiter.

Par contre elle considère, vu son comportement, que Clothilde n'est pour rien dans le vol de l'argent. Elle décide de lui relater l'agression.

— Tu ne connais pas où on habite, mais on a un garage où Augustin stockait les masques, dit-elle, en éludant la boîte de fer blanc. Eh bien, quelqu'un est venu l'assommer par-derrière pour tout lui prendre !

— Encore !

— Comment ça encore ? demande Marina

— Je veux dire : encore, après s'être fait assommer au ski. C'est un abonné, ton mari !

Augustin, deux mois auparavant, en plus de toutes les déficiences résultant de sa maladie, avait des plaies, des escarres et une grosse fatigue.

Il a fallu combler toutes les carences, panser et soigner les blessures. Il a fallu aussi beaucoup d'efforts de sa part pour qu'il puisse parvenir, au fur et à mesure, à marcher seul, à accomplir tout simplement des activités de la vie quotidienne comme sortir du lit pour aller dans la salle de bain, s'habiller, manger.

Après ces semaines chocs pour le corps et l'esprit, il faut aussi savoir tenir un stylo et Augustin peste, car il a encore énormément de mal à écrire comme il le voudrait et il se refuse d'utiliser une tablette à la place pour son journal quotidien, sur lequel il note ses impressions. Et encore, quand il lui arrive de frapper sur l'écran, il dérape souvent et s'embarque sur des commandes ou des programmes non désirés.

Il a toujours aimé écrire avec un stylo plume. Quand il était petit, il aimait l'odeur de l'encre et s'appliquait consciencieusement à faire des pleins et des déliés en entendant la fameuse plume Sergent Major crisser sur le papier. Plus tard, il utilisa des stylos plume : les Parker, Waterman, Sheaffer et bien sûr l'illustre Montblanc. Pour le moment il galère avec un stylo à bille qu'il arrive à peine à tenir correctement et le graphisme, en conséquence, n'est pas aussi régulier qu'auparavant, ce qui le chagrine.

Un des médecins lui a confié qu'il pouvait espérer revenir chez lui fin août. Cela grâce aux équipes paramédicales de rééducation qui l'aident à réapprendre à vivre normalement. Tous les jours il souffre pour retrouver ses gestes et ses réflexes, mais la récompense en vaut la chandelle. Quand il sera enfin à la maison, il devra cependant continuer ses séances de kinésithérapie régulièrement.

Augustin observe Marina regardant dehors, assise dans le fauteuil à côté de la fenêtre.

— Tu penses à quoi ? lui demande-t-il.

— À rien… en fait si ! À Clothilde, tu lui as vendu beaucoup de masques ?

— Je ne me souviens plus exactement… attends : vingt la première fois, vingt après et je crois cent cinquante la dernière fois, quand j'ai décidé de tout lui donner…

— Elle en a eu plus que les autres…

— Ben, c'est qu'elle n'a vraiment pas de fric… elle va chez « Coluche » pour manger !

— Ah oui, je vois… Je peux te poser une question ?

Augustin aimerait bien changer de sujet de conversation.

– Tu sais… elle t'a traité de *salaud,* dit Marina, sans attendre sa réponse. Elle continue sur le même ton, tout en regardant encore au-dehors. Et sais-tu pourquoi ?

– Non, dit timidement Augustin, qui voudrait bien éviter cet entretien casse-cou.

– Eh bien moi non plus ! dit-elle, se retournant vers Augustin. C'est quand même bizarre qu'une nana à qui tu as refilé des centaines de masques te traite de salaud… non ?

– Ben, je ne sais pas moi…

Acculé, il emploie la méthode Coué. Il se convainc qu'elle ne peut pas connaître l'épisode entre lui et Clothilde. C'est impossible, sinon elle lui aurait illico reproché ouvertement son aventure. Il arrive donc, par ce biais, à soutenir les yeux interrogatifs de Marina, sans ciller.

– Bon, dit-elle au bout d'un moment, j'ai un semblant de réponse, mais je n'y crois pas vraiment : tu lui as demandé au départ cinq euros, pour le prix d'un masque, n'est-ce pas ?

– Oui, comme à Vincent et à Sylvie…

– Oui, mais je lui ai dit que tu les obtenais gratuitement, avoue Marina.

– Ah, mais c'est tout à fait normal ! dit Augustin, s'engouffrant dans la brèche. Tu parles ! Elle a vu que je me faisais de l'argent sur son dos, alors elle est furieuse et me traite de tous les noms… Mais pourquoi tu lui as dit ça ? demande-t-il soudain.

– Pour voir sa réaction, pardi ! Si elle avait volé la boîte de masques, elle aurait réagi différemment : elle aurait manifesté de la surprise… mais pas de la colère.

– Donc ce n'est pas elle qui a volé les masques ni le fric !

– Je suis bien d'accord. Qu'elle soit stupéfaite, même outrée, OK… mais qu'elle soit furibarde et agitée comme ça, ce n'est pas trop normal.

– Elle est peut-être très susceptible, tente d'argumenter Augustin. C'est une femme sûrement très fière, qui s'est construite toute seule… et se retrouver comme ça, au chômage… et si elle croit que j'ai voulu la berner…

– Oui… c'est possible, ça doit être ça… conçoit Marina, réceptive à ses arguments. Apparemment, maintenant, elle ne t'en veut pas trop…

– Mince ! Je lui ai quand même donné les masques à la fin ! conclut Augustin, très content de voir s'éloigner le danger.

Marina se lève, perdue dans ses pensées et marche ensuite vers la porte de la chambre.

– Prends soin de toi, dit-elle, je continue mes petites investigations.

Elle ouvre la porte doucement, lui lance un petit sourire et, une fois dehors, en saisit la poignée, sans se retourner, son bras en arrière, et la referme délicatement.

Augustin reste immobile et silencieux pendant plusieurs minutes. Il est bouleversé. Il est également soulagé. Il constate qu'il transpire, sa chemise de nuit est mouillée.

« J'ai déraillé avec Clotilde, c'est vrai, mais c'est la première fois… j'aurai pu perdre Marina ! ». Il s'imagine aisément qu'une femme de vingt ans sa cadette n'hésiterait pas à se séparer de lui après une infidélité comme celle-ci.

C'est un *coup de canif au contrat* pour Augustin, mais, inévitablement, cette *légèreté* serait vécue comme une trahison pour Marina. Elle ne serait pas conciliante et la rupture serait exigée. Il se consolerait difficilement.

# XXXI

## Endoprothèse

Début août Augustin est enfin chez lui. La maison comprend 47 marches et « ce n'est pas de la tarte » de les monter, comme il l'a dit à Marina le jour de son retour. La maison est en hauteur et le jardin est composé de terrasses et de plusieurs escaliers qui font partie du décor.

Augustin est loin de courir. Il marche à peine et avec difficultés. En plus de ses séances de kiné, il se donne un programme quotidien de renforcement musculaire, à savoir, pour le moment : marcher seul avec ses bâtons de ski une demi-heure dans la rue en bas de la maison et bien sûr descendre et remonter les 47 marches.

La semaine suivante, le matin devant son ordinateur, Augustin est en train de classer ses photos quand tout à coup il ressent une nausée et se voit perdre connaissance. Il se réveille quelques minutes après par terre, allongé à côté de son bureau. Il est tombé de sa chaise. Il est très faible et ne peut plus bouger sans un effort incommensurable. Il arrive cependant à reposer sa tête sur le cartable utilisé pour mettre son ordinateur. Il attend que cela passe, car il respire plus calmement et la nausée le quitte petit à petit. C'est à ce moment que Marina rentre de la boulangerie et le retrouve pâle, en sueur et presque inanimé.

— Augustin ! Qu'est-ce que tu as ? Ça va ? dit-elle, en accourant près de lui.

— Ça pourrait aller mieux, je suis tombé de la chaise…

— Tu peux te relever ?

— Nooon ! J'ai comme un mal de mer quand je bouge…

— Mais qu'est-ce qui s'est passé ?

— Je ne sais pas, j'ai eu des nausées, je suis tombé de ma chaise, je crois avoir eu un malaise…

— Tu peux bouger ?

— Pas vraiment, pour le moment.

— Hou là !

— Je crois avoir eu une petite perte de conscience…

— Quoi ?! J'appelle le SAMU.

Vingt minutes après, les pompiers, sur place, transportent Augustin sur un brancard. Il est toujours sonné. Il se sent très faible et a peur de vomir dans les virages… ce qui arrivera quelques instants plus tard, après une vingtaine de tournants. Arrivé à l'hôpital Arnault Tzanck de St Laurent-du-Var il est transporté dans une pièce où plusieurs personnes masquées s'affairent autour de lui.

« Je ne suis pas en train de subir à nouveau le Covid, putain ! Ce n'est pas possible ! » se dit Augustin, qui vient de se faire *brancher* dans tous les sens pour que l'on puisse le surveiller. On lui fait une prise de sang et un test « PCR[24] » en lui introduisant un long coton-tige dans le nez. Il constate cependant qu'il n'a pas de tuyaux d'oxygène dans son nez. Également, il voit qu'il n'est pas totalement isolé comme la première fois. Dans le calme et le quasi-silence, mis à part le va-et-vient des infirmières et quelques grognements des patients autour, séparés par des tentures, il se sent de mieux en mieux et reprend des forces. Deux heures après, un médecin vient le voir :

– Vous avez eu un malaise avec une perte de connaissance ce matin ?

– Oui.

– Avez-vous eu des douleurs thoraciques ?

– Non.

– Avez-vous eu du mal à respirer ?

– Non.

– Est-ce la première fois que vous avez eu ce genre de malaise ?

– Non, mais je ne suis jamais tombé dans les pommes.

– Oui, je vois, dit le médecin, avec un petit sourire compatissant, mais cette fois-ci ç'a été le cas… et vous avez un peu trop de troponine dans le sang. Nous allons vous faire une coronarographie pour plus de sûreté.

– Une coronographie ?

---

24 PCR (Polymerase Chain Reaction) : méthode de détection du Coronavirus

— Une coronarographie. Nous pourrions passer par une échocardiographie pour visualiser vos artères… mais vous avez de la chance : le docteur Fermi et moi-même, nous pouvons vous prendre ce matin. C'est un examen invasif, mais ce n'est pas douloureux.

Après le départ du cardiologue, Augustin commence à croire qu'il n'a peut-être pas fait un banal malaise, mais un malaise cardiaque. « C'est quoi ce binz ! Je ne vais pas avoir, en plus, des problèmes au cœur ! Je ne comprends pas, le cœur est à 55 battements, se dit-il, ayant aperçu le moniteur sur lequel il est branché, et ma tension est à 11/7… tout baigne ! ».

Il a beau essayer de se rassurer, il n'est pas tranquille. Il se demande ce que veut bien dire un test invasif. « Ils ne vont pas m'opérer ? À moins qu'ils me fassent une petite ouverture dans le thorax pour y glisser une mini caméra ? Et s'ils trouvent quelque chose à déboucher, je suis bon pour l'opération ! »

Augustin n'était pas loin de la vérité. Une heure après, un infirmier tout souriant s'approche de lui.

— On vous amène : le docteur Schwartzman, qui vous a parlé ce matin, vous attend, dit-il, déplaçant son lit.

Il visite les couloirs, prend l'ascenseur et finalement se retrouve en salle d'opération qui ressemble plus à une salle de contrôle pour le départ d'une fusée.

Il y a profusion d'écrans, une caméra articulée au-dessus de lui, plusieurs infirmières et les deux cardiologues, communicant entre eux dans un langage technique totalement incompréhensible pour Augustin. Il est allongé sur le *billard* et découvre un troisième médecin qui lui saisit le bras droit pour une anesthésie locale. Un paravent en Plexiglas recouvert d'une toile plastifiée le sépare de son bras.

– Vous vous appelez bien Augustin ?

– Oui.

– Bon, Augustin, nous allons vous introduire une sonde et un produit pour visualiser vos coronaires, explique Schwartzman en manipulant une sorte de câble, qu'il introduit dans une artère au niveau du poignet, l'opération n'est pas pénible, n'ayez crainte.

Augustin, entendant le câble siffler pendant sa pénétration et imaginant celui-ci se baladant dans ses artères, commence doucement à transpirer et un début de nausée émerge insidieusement. Il respire de plus en plus vite.

– Vous allez bien Augustin ? demande Fermi, le deuxième cardiologue, surveillant les écrans et voyant la tension baisser anormalement.

– Pas trop…

– Vous êtes en train de faire un malaise vagal. Nous allons vous injecter de l'atropine… ne respirez pas si vite, vous allez vous autoasphyxier avec l'excès de gaz carbonique.

Augustin, devant garder son masque, respecte les conseils du médecin, et commence à haleter plus lentement. Une infirmière lui pique le bras gauche à l'aide d'une seringue pour lui administrer l'alcaloïde.

Au bout de quelques minutes, le malaise est passé. La caméra, au-dessus de lui, tournicote sans arrêt sans bruit et la sonde poursuit son chemin. Au bout de quelques minutes, le tout s'arrête et les deux cardiologues discutent entre eux, toujours dans un jargon inaccessible pour Augustin.

— Bon, je vais essayer d'être clair, dit Schwartzman à Augustin. Voilà : les autoroutes autour du cœur sont bien dégagées. Par contre, parmi les routes *départementales* qui rejoignent ces grands axes, il y en a une un peu embouteillée…

— Je ne prends jamais les routes départementales, essaie de plaisanter Augustin.

— Oui, mais celle-là peut servir ! répond le médecin amusé. Le docteur Fermi et moi nous avons décidé d'intervenir dans la foulée pour vous éviter de revenir. Nous allons mettre en place une endoprothèse, un Stent si vous préférez, et demain vous rentrez chez vous.

— Ah ! Il n'y a pas d'opération chirurgicale à subir ?

— Non, non, je vais, via le poignet, vous placer un petit ballon qui va écraser la plaque d'athérome et ensuite je vous mets en place le Stent.

— C'est bouché comment ?

— À 80 pour cent environ.

Une demi-heure après, l'infirmier, tout souriant, pousse le lit d'Augustin hors de la salle, en direction d'une chambre où il se retrouve seul. Peu de temps s'écoule avant qu'une infirmière vienne lui administrer quelques médicaments : un anticoagulant, des statines qui contrôlent le cholestérol et un médicament pour éviter la formation de caillot dans le sang. Elle lui explique qu'il est à l'isolement, car, n'ayant pas encore le résultat des tests du Covid, ils ne savent pas s'il est encore contagieux. Théoriquement Augustin ne l'est plus, il devrait même être immunisé, en tous les cas il a pu bénéficier de l'intervention. Mais ce n'est pas une certitude. Il a développé une réponse immunitaire au cours des premières semaines, mais sans savoir si elle est suffisante et combien de temps elle va durer. Il a appris également que des cas rares de réinfection ont été signalés.

– Vous avez de la chance, car le confinement est terminé. Vous auriez eu ce malaise quelques mois plus tôt, votre intervention aurait eu lieu nettement plus tard et peut-être trop tard…

– J'ai eu de la chance alors…

– Oh oui, et ce matin encore plus, car le Docteur Schwartzman a eu un créneau imprévu et il a pu vous prendre…

– Tant mieux pour moi… il y a encore beaucoup de monde alors ?

– Oui, car il y a eu beaucoup d'opérations décalées et il faut rattraper le retard pris en mars et en avril.

Après que l'infirmière ait fermé la porte de sa chambre, Augustin devine qu'il l'a échappé belle : sans ce malaise vagal jamais un docteur Schwartzman n'aurait trouvé son artère *départementale* pratiquement bouchée !

Cela se serait installé lentement et sans bruit et peut-être qu'au bout de quelques mois, « paf » ! Cela aurait tué Augustin brutalement.

Il retrouve ses affaires et appelle Marina.

— Ça y est, je suis réparé ! dit-il tout guilleret, sachant qu'il pourra revenir à la maison le lendemain.

— Alors, c'était quoi ? demande-t-elle, rassurée.

— Ben, je ne sais pas exactement. Comme cela pouvait être un malaise cardiaque, ils m'ont inspecté de partout et ils m'ont trouvé une artère presque bouchée. Alors ils m'ont mis un Stent. Ça y est, c'est fait. Je peux rentrer demain.

— Un malaise cardiaque ?! s'exclame-t-elle, mais c'est grave !

— Non, mon cœur est en pleine forme, c'est la tuyauterie qui déconne… enfin seulement un petit bout d'une artère qu'ils ont débouchée sans problème.

— Tu parles ! Tu ne me dis pas tout !

— Si, tu verras le compte-rendu… par contre, je vais être obligé de prendre des médicaments et en particulier des anticoagulants tout le temps !

— Et tu auras intérêt à les prendre ! dit-elle, comme si elle mettait en garde un élève indiscipliné.

— Oui, oui… t'inquiète.

— L'opération s'est bien passée apparemment ?…

— Oui, ils ne m'ont pas ouvert. Ils sont passés par le poignet pour m'installer le Stent. Il n'y a pas eu d'opération chirurgicale !

— Le Stent, c'est la prothèse qui permet de faire passer le sang ?

— Oui, je crois que c'est une prothèse en forme de tube…

— Tu as eu de la chance qu'ils n'aient pas eu à t'ouvrir sous anesthésie, car, il y a dix ans, c'est ce qui s'est passé pour Flavio, mon cousin. Et c'est encore mieux qu'un pontage.

– Tu m'étonnes ! dit Augustin réalisant encore une fois la gravité de la situation.

– Grâce à ton malaise, ils ont pu découvrir ton problème qui aurait pu être fatal dans quelques années ou dans quelques mois !

– Oui, c'est vrai… mais je ne sais toujours pas si j'ai fait un vrai malaise cardiaque.

– C'est mon père qui est au ciel qui a provoqué ce malaise, pour te sauver, dit Marina pour conclure. J'ai eu encore peur de te perdre, je n'aurais pas pu le supporter ! J'ai hâte de t'avoir à nouveau à la maison.

Augustin ne mangera pas, car il est déjà deux heures de l'après-midi et s'endormira quasi instantanément après son coup de téléphone avec Marina.

# XXXII

## Discussion

Les vacances scolaires d'été seront terminées la semaine prochaine. Marina profite de cette ultime période avant la reprise des cours début septembre pour inviter Lucile, Laurent, Jean-Yves et sa femme Clémence. Augustin se porte bien : il marche tous les jours une heure sans ses bâtons de ski et essaie même de courir tranquillement une dizaine de minutes. En novembre, il fera un test d'effort pour le cœur et il est confiant pour le résultat. « Je vais me défoncer un maximum avec le pédalier, tu vas voir ! » avait-il dit à Marina, car son objectif est de pouvoir reprendre le ski cet hiver à Vars avec les amis que Marina a conviés ce vendredi soir.

Les soirées sont encore douces et le repas sur la terrasse est très apprécié par les convives. Quand Augustin, provenant de la cuisine, apporte le café à la fin du dîner, la discussion est axée sur les restrictions récentes dues au Coronavirus.

— On sanctionne les restaurants et les bars où il y a très peu de cas avérés, ce sont encore eux qui trinquent ! dit Laurent.

— C'est normal qu'ils trinquent... c'est leur métier, plaisante Jean-Yves.

— Eux, ils ne trouvent pas ça drôle, répond Laurent, gardant son sérieux, la plupart ont déjà mis la clef sous la porte et d'autres sont au bord de la faillite.

— Le gouvernement réprime les métiers qui ne risquent pas de bloquer le pays, explique Marina.

— C'est vrai, il fout la paix aux transporteurs et ménage, en ce moment, le personnel médical et la police, ajoute Clémence.

— Les gens du gouvernement ont tout simplement raté leur déconfinement, intervient Augustin, ils n'ont pas verbalisé les mecs qui ne portent pas de masques, ni interdit les fêtes, les manifestations, les accolades pendant les enterrements et les mariages où tout le monde s'embrasse, ils ont rouvert les écoles, permis les transports et...

— Attends, tu rigoles ! dit Laurent. Moi, j'ai eu une prune de 135 euros, car au marché, je n'avais pas le masque sur mon visage, je l'avais à mon bras !

— Pourtant s'il y a *port du masque obligatoire*, comme le préconise la loi, toi t'es bon[25] ? plaisante encore Jean-Yves.

— Tu parles ! Ils ont interdit le public dans les stades, continue Laurent, ignorant la remarque, dans les théâtres, les cinémas et les restaurants, les places sont limitées. Il y a une

25 Allusion *au port du* ***casque*** *obligatoire en moto*. Certains motards le portaient, mais au bras, et n'étaient pas verbalisables.

jauge. Et l'hygiène fait partie du métier de restaurateur, ce n'est pas nouveau pour eux : ils ont respecté à la lettre les recommandations, ce n'est pas normal que ce soit tous les restaurateurs qui payent pour les autres récalcitrants.

« Comme ceux qui refusent de porter leur masque » a envie de rajouter Jean-Yves, mais il garde cette mauvaise blague pour lui-même, pour ne pas envenimer la discussion.

– Tu ne peux pas sanctionner tous les voyageurs dans le métro ou dans les trains de banlieue. Comment veux-tu limiter la promiscuité ? se demande Lucile sortant de son silence, s'adressant à Laurent. Tu peux, par exemple, restreindre les sorties au restaurant, mais pas les transports.

– J'ai remarqué qu'ils annoncent les nouveaux cas, mais rarement les décès, dit Marina, en changeant un peu de sujet. J'ai l'impression qu'il y a plus de contaminations et moins de morts… le virus serait plus contagieux et moins virulent ?

– C'est vrai que sur le nombre de contaminés il faudrait regarder aussi le nombre de morts, dit Clémence, intervenant à son tour.

– Il n'y a pas assez de contrôles et d'amendes pour les bars et restaurants qui ne respectent pas le protocole, et tout le monde paye ! dit Laurent, poursuivant toujours son idée.

– Et puis il y a incohérence entre les restaurants et les écoles, dont on allège les procédures. Il y a des assouplissements pour nous et on est plus sévère avec l'hôtellerie, dit Marina. Si l'on attrape le Covid, ils s'en foutent, du moment qu'on surveille les gamins : on fait office de garderie !

– Les enfants sont moins fragiles, mais, c'est vrai, on oublie les profs… dit Clémence.

– Exactement, liberticide et incohérence sont les deux mamelles actuelles du gouvernement, dit Jean-Yves, content de sa trouvaille, et on a l'impression désagréable que les décisions sont souvent prises entre eux seuls, sans aucune concertation.

– Oui, il y a un problème de communication, c'est très vertical, il y a rarement des explications… continue sur la même lancée Augustin.

– Il y a même un vrai mépris de leur part envers nous. Cela se manifeste verbalement, mais aussi dans le non verbal, je trouve, dans la façon de se comporter, dit Lucile.

– Ah oui ! remarque Laurent. Comme la porte-parole, Sibeth : elle nous regardait de haut en nous disant que les masques ne servaient à rien en dehors de l'hôpital et moi je me suis fait verbaliser, et en plein air, pour ne pas l'avoir mis !

– Avec ses contradictions et le bordel que ça provoque, il y a une perte de confiance de la population vis-à-vis du gouvernement, c'est obligatoire, dit Augustin.

– Toi, qui as attrapé le Covid, c'est la faute du gouvernement à ton avis ? demande sournoisement Lucile à Augustin.

– Non, c'est de ma faute, car j'ai chanté trop longtemps dans les maisons de retraite sans vraiment faire attention, et après j'ai distribué des masques que j'avais en réserve pendant le confinement, et c'est là que je l'ai chopé, ment-il, sans oser regarder Marina.

— Et toi, Marina, ta fille se porte bien ? demande Lucile.

— Stella est confinée dans son appartement avec son ordinateur. Elle va à sa banque une fois par semaine pour des réunions… pour le moment elle va bien, il y a très peu de cas en Australie.

— Et au Canada ? continue Lucile en se tournant vers Augustin.

— Apparemment personne n'est contaminé. Et mon petit-fils, qui fait son école hôtelière ici à Nice, se porte bien, répond-il, s'appuyant sur la discussion qu'il avait eue avec Pierre à l'hôpital, à la fin du printemps.

— Et toi, ça va mieux ? demande Lucile, s'adressant toujours à Augustin.

— Ça va, mais j'ai été en réa et après j'en ai bavé pour réapprendre à respirer, manger, marcher… et je ne te parle pas de courir !... Je ne crois pas avoir de séquelles, toutefois je me sens encore vachement faiblard…

— Ben dis donc, quelle histoire… mais tu es immunisé maintenant ?

— Théoriquement oui.

— Alors tu vendais des masques !?... Tu en avais, toi ? continue de demander Lucile.

— Oui, j'avais quelques boîtes que m'avait données un ami à Paris, qui avait vendu sa pharmacie quand il est parti en retraite… vous ne le connaissez pas… c'étaient des chirurgicaux, aussi des sirops, du sparadrap, enfin tout un bordel dont je ne savais pas trop quoi faire, dit-il, derrière son mensonge.

— Et tu ne t'es pas fait tester ? T'aurais pu contaminer Marina ! poursuit Lucile.

— Ben, je n'y ai pas pensé… et je n'avais pas de symptômes. Mais on a fait attention quand même, on vivait séparément à cause de mes tournées, moi en haut et Marina au rez-de-jardin pour ne pas s'infecter. D'ailleurs elle ne l'a pas chopé !

— De toute façon, ça ne sert à rien de faire des tests si l'on a les résultats cinq jours après ! s'exclame Jean-Yves. Par contre, dès que tu as des symptômes, tu t'isoles, c'est tout, et tu n'attends pas les résultats pour t'isoler.

— Il a raison, il ne faut pas aller encombrer les hôpitaux, si tu n'es pas sûr d'être atteint, dit Laurent. Ils ont reporté beaucoup d'autres opérations qui étaient déjà programmées. Ils ne peuvent plus les retarder : certaines sont urgentes et s'il y a une deuxième vague ce sera la catastrophe, il faudra faire des choix !

— Il ne faut pas encombrer les hôpitaux ! Mais ça fait des années qu'on ferme les hôpitaux, dit Jean-Yves, depuis Chirac[26], ils suppriment des lits.

— OK, mais ils ont dit cette fois-ci avoir augmenté le nombre de lits, intervient Lucile.

— Quoi ?! À peine quelques centaines… et encore, je ne suis pas sûr. Le problème, ce n'est pas les lits, c'est le personnel à former et on n'a pas ce personnel comme ça en claquant des doigts, continue Jean-Yves. Un lit ou un respirateur sans personnel qualifié est inutile.

---

26 Jacques Chirac, président de la République française de 1995 à 2007.

– J'ai lu que l'on avait supprimé plus de 60 000 lits, avec les infirmières et les médecins qui vont avec, depuis quinze ans ! dit Laurent. C'est pour ça qu'ils paniquent, c'est qu'ils n'ont pas assez de lits ! Ce n'est pas le nombre de morts.

– Tu veux dire que si, par exemple, il y avait dix fois plus de lits dans les hôpitaux on ne parlerait même pas du Covid ? demande Augustin.

– À la limite, oui ! On ne ferait pas tout ce cirque, répond Laurent.

– Et puis on fait dire ce que l'on veut aux statistiques. Il faut voir le nombre de morts sur plusieurs années et on verrait que le Covid accélère les choses, c'est tout. Ces gens-là perdent uniquement un ou deux ans de leur vie, car ils étaient déjà fragiles, continue Jean-Yves.

– Ouh là ! s'écrit Clémence. Mais vous êtes tous vachement cyniques !

– Il a raison, intervient Laurent, et le diagnostic est très difficile, car il y a comorbidité, et on dit à chaque fois que c'est le Covid.

– Il y a quoi ? demande Clémence.

– Comorbidité, c'est-à-dire que le mec a d'autres maladies en même temps que le Covid.

– Le confinement c'est pour protéger les plus faibles et ceux qui sont déjà malades. Le problème c'est qu'on reste vulnérables nous aussi, puisque l'on ne l'a pas et donc on ne le combat pas ! Le virus se balade encore en pleine forme puisqu'il n'y a pratiquement personne d'immunisé, vu que presque personne ne l'a attrapé ! ajoute Jean Yves.

— C'est machiavélique ! dit Clémence. Alors il faut vivre normalement, c'est-à-dire indirectement abandonner les plus vieux et les plus fragiles ?!

— Non, bien sûr, dit Laurent, mais ce que veut dire Jean-Yves, c'est que le Covid est surtout un accélérateur pour ceux qui ont déjà des difficultés…

— Et toi aussi tu serais pour ne rien faire, pour laisser survivre les plus forts : la loi de la jungle ! demande Clémence, s'adressant à Laurent.

— Non, je n'ai pas dit *ne rien faire,* mais il ne faut pas exagérer avec certaines mesures et ce qu'on voit à la télé ! On installe vraiment un climat de peur comme si le Covid était mortel dès qu'on le chope ! explique Laurent. On est en train de créer une vraie psychose. Regarde, avec la grippe saisonnière, ceux qui sont déjà vacillants y passent et on n'est pas si alarmiste !

— Il y a quand même énormément de décès, des centaines par jour ! dit Marina. Je n'ai pas regardé de près les statistiques, mais il y a sûrement plus de morts que les années précédentes…

— Moi, tout ce que j'espère c'est qu'il n'y ait pas une deuxième vague, ou alors qu'elle ne soit pas trop forte pour que l'on puisse aller tous au ski cette année, dit égoïstement Augustin.

— Il faut le souhaiter, dit Jean-Yves, mais ce n'est pas gagné.

— Non, ce n'est pas gagné, ajoute Laurent.

# XXXIII

## Alibi

Marina ne cherche plus celui qui a assommé Augustin. Pour elle, c'est Vincent, cela saute aux yeux : son couple ne roule pas sur l'or, Vincent connaissait la voiture d'Augustin et pouvait le suivre, il a compris qu'il avait fait beaucoup d'argent avec la vente des masques chirurgicaux, et sa femme, tout à coup, se paye des chaussures hors de prix.

« Et puis, il avait un petit air fourbe qui ne m'a jamais plu » ajoute Marina, pour argumenter son discours devant Augustin.

– Tu ne le connais pas vraiment, tu l'as croisé deux fois dans la rue à Vence quand t'étais avec moi, dit Augustin, c'est sûr, c'est le suspect idéal, mais on n'a pas vraiment de preuves.

– On ne peut pas avoir de preuves de toute façon ! s'exclame Marina. Et puis, le bénéfice du doute c'est trop facile… maintenant c'est foutu, ça fait plus de cinq mois…

– C'était le 13 avril, quand le Président a annoncé le rallongement du confinement jusqu'au 11 mai ! Tu parles comme je m'en souviens ! dit Augustin.

– Il t'a assommé lâchement dans la soirée pour ne pas se faire voir et…

– Non, non, en fin d'après-midi, je venais de sortir de chez Martine. Ils sont venus vers les cinq heures à peu près…

– Mais il est venu seul, voyons ! Il n'avait pas besoin de sa bonne femme pour faire le guet, c'est ridicule ! s'exclame Marina.

– En tous les cas, seul ou pas seul, il était environ cinq heures de l'après-midi, dit Augustin, en touchant inconsciemment l'arrière de sa tête.

Marina est persuadée maintenant que toute investigation est inutile. Vincent habitait aussi à Vence, donc dans les environs au moment du vol. Le sentiment de Marina que Vincent est coupable est bien ancré en elle. « Tu n'arriveras pas à m'ôter l'idée que c'est lui qui t'a frappé » insiste-t-elle. Augustin est aussi convaincu que Marina, mais il n'a rien de tangible et il y a des zones d'ombre. Il aimerait bien pourtant conforter ses pressentiments, mais il sait que c'est impossible.

Quoi qu'il arrive, Augustin ne dira rien, bien sûr, et que peut-il réclamer ? Il n'ébruitera jamais cette histoire, étant donné qu'il a vendu ces masques fabriqués bénévolement. Et même s'il voulait étayer ses propres présomptions, comment ferait-il ?

Autant oublier. Les rares choses dont il se souviendra à propos de ce jour, mis à part son coup sur la tête et l'allocution du Président, est que ce dernier l'a prononcé un lundi de Pâques. « Joyeuses Pâques ! Cela faisait un mois que l'on était enfermé et l'on nous annonçait un mois de plus ! » se remémore-t-il. Le vol, les points de suture et le rallongement du confinement avaient remplacé les œufs et le lapin en chocolat. Aujourd'hui, il ne lui reste, pour ce jour malheureux, que des repères manifestes et douloureux.

En allant au centre commercial Polygone chercher des cartouches d'encre pour son imprimante, Augustin dépasse le club de pétanque où Vincent allait jouer fréquemment.

Il se remémore alors l'enthousiasme de celui-ci quand, en discutant après la course avec lui devant une bière, il évoquait ses parties de pétanques. « La plupart des gens considèrent ce jeu comme un passe-temps pour les vieux, mais c'est un vrai sport : il faut de la concentration pour pointer ou tirer avec précision » avait-il argumenté, devant Augustin dubitatif. « Et c'est un divertissement très intéressant, car tu côtoies des gens avec qui tu peux échanger énormément d'idées. C'est un sport où tu peux parler tout en jouant, comme au golf. On ne parle pas seulement du cochonnet, mais de tout, avait-il ajouté, car, étant donné que ce jeu est à la portée de tout le monde, des jeunes comme des vieux, des nanas comme des mecs, des intellectuels comme des manuels, tu fréquentes tout un microcosme. »

Augustin avait été séduit par cette approche. Grâce à ce jeu, Vincent abordait des sujets aussi variés que le sport, la littérature, la musique… et les petits potins.

Il décide donc, par curiosité, de faire un petit passage à ce club de pétanque. Ayant déjà dépassé le club, il descend jusqu'au rond-point suivant, pour y faire demi-tour, et remonte jusqu'au club.

À l'intérieur, il y a trois petits groupes qui jouent au soleil sur la terre battue et l'ambiance est très conviviale. Quelques bancs et une petite guinguette jouxtent les terrains de boules. À l'intérieur du bar, quatre personnes *tapent le carton*.

Augustin entre dans le bar et l'un des joueurs lui demande ce qu'il veut. Apparemment, c'est le gérant du club… et du bar.

– Non, je ne prends rien, je voulais simplement voir le club, un ami m'en avait dit beaucoup de bien, il venait souvent ici…

– Vincent ? interrompt le gérant.

C'est un homme brun, à la voix rauque, d'une quarantaine d'années, tête carrée, de moyenne stature. Il a détecté immédiatement qu'Augustin parlait à l'imparfait de son ami.

– Oui, Vincent… dit Augustin.

– Paix à son âme, répond un des hommes jouant aux cartes.

Il a une tête ronde, affublée d'une vieille casquette amollie où l'on distingue encore les couleurs de l'équipe de foot de l'OGC Nice. Il a une soixantaine d'années. Il est attablé devant une chope de bière et regarde une par une les cartes venant d'être distribuées, tout en dévisageant Augustin du coin de l'œil.

— Vous savez qu'il est décédé du Covid, dit l'homme brun, le plus drôle, enfin si on peut dire, c'est qu'il vendait des masques pour se protéger et il l'a attrapé quand même…

— Il n'en a pas vendu beaucoup ici, il n'y a que Daniel qui lui en a acheté, intervient le joueur à côté de celui à la casquette, du même âge.

Il a un visage étroit en lame de couteau, les cheveux noirs encore bien fournis, sûrement teintés de l'avis d'Augustin.

— Ils étaient trop chers. Nous, on préfère les masques des pharmacies, on respire mieux avec.

Le dernier joueur reste silencieux et se concentre sur son jeu. Augustin devine qu'il dérange.

— Vous le connaissiez depuis longtemps ? demande de façon inattendue le gérant.

— Oui, depuis une dizaine d'années, on courait souvent ensemble sur un sentier en hauteur, derrière Vence, enfin pas pendant le confinement : c'est trop loin de chez moi…

— Nous, on jouait chez nous à tour de rôle… pas aux boules, à la belote, parbleu ! s'exclame l'homme à la casquette, en riant ouvertement.

Toute la tablée ricane. Augustin sourit et se prépare à partir.

— Vous ne voulez vraiment pas boire quelque chose ? demande le gérant.

— Non, merci, j'étais curieux et je voulais voir simplement où Vincent jouait aux boules, car il m'avait parlé souvent du club.

— C'est vrai qu'il jouait souvent, même pendant le confinement, intervient soudain le taiseux.

– Pendant le confinement ? Ici ? demande Augustin.

– Non, ils jouaient sur le chemin, là-bas, vers la route de Tourrettes-sur-Loup, après les pompiers, dit l'homme à la casquette.

– J'avais joué aux boules justement avec Vincent et avec Daniel et Loulou le lundi de Pâques, sur le chemin, et c'est le jour où Vincent a reçu la boule de Daniel sur le pied, pardi ! dit l'homme aux cheveux teintés. Et c'est moi qui l'ai amené aux urgences à Pasteur et je suis resté tout l'après-midi à glander !

– Jusqu'à quelle heure ? demande Augustin, surpris par la nouvelle et soudain très intéressé.

– Jusqu'à sept heures ! J'ai eu juste le temps de rentrer chez moi pour voir Macron dire qu'on allait rester enfermés encore un mois ! Quel bordel.

Jamais Augustin n'aurait imaginé obtenir une réponse concernant son agression. Mais ce n'est pas du tout ce à quoi il s'attendait : Vincent est innocent, il a un alibi en béton. Il se paye un pied en marmelade le jour même où Augustin se fait assommer !

Il hésite à révéler la nouvelle le soir à Marina qui est toujours persuadée que Vincent est le coupable. Il ne veut pas qu'elle soupçonne Clothilde et qu'elle vienne à nouveau l'interroger : elle risque de découvrir son aventure. Il tergiverse. Finalement il ne dévoile pas l'alibi de Vincent : il est mort et personne viendra vérifier !

# XXXIV

## Coups de semonce

Juste avant les vacances de la Toussaint, un enseignant de la région Île-de-France est décapité par un terroriste pour avoir expliqué la liberté d'expression à l'aide d'exemples de caricatures de Mahomet, empruntées au journal satirique *Charlie Hebdo*. La nouvelle est un choc brutal pour Marina qui instruit ses élèves en abordant des sujets comme la Révolution française, les religions, la laïcité et, parmi d'autres thèmes, la liberté d'expression : elle enseigne l'histoire et la géographie en italien. Aujourd'hui, quelques jours avant la reprise scolaire, un nouvel attentat se produit dans la basilique de Notre Dame à Nice. Un terroriste s'introduit dans l'église et tue trois personnes ! Marina n'a pas le moral au beau fixe.

— Je risque d'attraper le Covid ou de me faire décapiter ! dit-elle, sarcastique, vivement que tout ça soit fini, c'est vraiment invivable.

— Et que disent tes collègues ? demande Augustin.

— Ils ne sont pas tranquilles… ils s'autocensurent pour la plupart… ils n'abordent jamais la politique ou la religion en classe. Moi, je ne comprends pas, en Italie on traite de ces sujets sans problèmes et franchement…

— Oui, mais l'Italie n'a pas eu la guerre d'Algérie, il y a encore de la rancœur et…

— Et surtout vous n'êtes pas croyants comme nous ! Les musulmans nous considèrent plus facilement parce que nous aussi on croit, et on pratique notre religion comme eux. Toi, tu es athée, tu ne peux pas comprendre…

— Je ne suis pas athée, je suis agnostique ! Ce n'est pas la même chose : j'ai des doutes, je suis sceptique… mais je ne vais pas assassiner des gens parce qu'ils ne pensent pas comme moi !

— Attends, cela n'a rien à voir avec la religion, ces gens-là sont des malades, des terroristes qui se sont fait manipuler : ils ont subi un vrai lavage de cerveau pour assassiner. Ce n'est pas la même chose, dit Marina calmement.

— OK, tu veux dire que des paumés qui se font manœuvrer avec l'aide d'une religion radicale, « pure et dure », avec une particulière interprétation de leurs livres sacrés, c'est pour servir des politiques ?...

— Oui, et puis c'est facile de rendre fanatique un ignorant, sans culture ni instruction, ajoute Marina.

— Ils viennent jusque dans vos églises, égorger vos fils et vos compagnes… chantonne Augustin, en parodiant la Marseillaise.

— Je trouve votre Marseillaise très belliqueuse, dit tout à coup Marina, se remémorant les paroles de l'hymne français.

– Il y a je ne sais plus quel artiste qui disait que notre hymne national était épouvantable, sanguinaire et d'un autre temps ! Mais quand un pays se fait trucider, je trouve ces paroles bien adaptées !

– Je ne veux pas polémiquer, mais avoue que vous êtes quand même un peuple belliciste !

– Oui, oui, un peu… mais vous, les romains, vous n'étiez pas des anges non plus ! Vous vous êtes pourtant beaucoup adoucis depuis…

– C'est l'influence de la religion chrétienne et la débauche des Papes jusqu'au dix-septième siècle qui a, je crois, atténué cet état d'esprit guerrier…

Cet été, Augustin, qui n'avait pas l'esprit guerrier, avait oublié qu'il était *en guerre*, comme tous ses compatriotes. Et en automne, c'est avec un petit un coup de coude, à la mode ces temps-ci, et avec un grand coucou, que le Covid s'est donc remanifesté : « Hé, je suis toujours là ! ». Voyant le nombre de cas de Coronavirus exploser, le gouvernement annonce alors un deuxième confinement à la fin des vacances de la Toussaint. Il assomme, *d'un coup*, tous les restaurateurs, les artistes, les voyagistes, le monde du tourisme, les petits commerces et ceux qui venaient à peine de se relever…

« Non, jamais il n'y aura de confinement, c'est trop pénalisant pour l'économie et cela aurait un impact social trop lourd. Ce sera local, il y aura des couvre-feux, des fermetures avancées, mais pas un deuxième confinement national… mon cul ! » s'écrie Augustin dans sa voiture, en allant jouer au tennis pour la première fois depuis huit mois, quand il apprend la nouvelle. Vu qu'il est encore faible, il fait seulement des parties en double, mais rien que le fait d'être sur un terrain de tennis le réjouit. Il aime tripoter sa raquette, toucher les balles, fouler la terre battue quand elle vient d'être arrosée, le son sourd des balles bien centrées et la satisfaction de les frapper dans le bon tempo. Bref, il est heureux comme un danseur de samba les jours de Carnaval !

Ce sera sa première et sa dernière partie avant le deuxième confinement. Il enrage quand le gouvernement déclare qu'il ne faudra pas dépasser, comme la première fois, le rayon d'un kilomètre pour faire du sport. Cela signifie tourner en rond pour tous ceux qui courent. Lui qui commençait à trottiner un peu et espérait s'évader sur des sentiers aux alentours de chez lui… et bien non ! Terminé ! Finito ! Finished ! Fertig !

— Nous, on continue à garder les gamins et la plupart des gens continuent d'aller travailler, dit Marina le soir de l'annonce, c'est donc un pseudoconfinement… par contre, toi, tu feras tourner ta roue comme d'habitude… hein, mon petit hamster !

— Très drôle ! réplique Augustin. Mais les gens ne sont pas d'accord, surtout les petits commerçants qui doivent fermer quand les grandes surfaces vendent la même chose. On favorise les supermarchés et les GAFA[27].

— Surtout Amazon… C'est vrai qu'il y a un peu d'injustice : les libraires doivent fermer et les Leclerc,

27 Les quatre entreprises les plus puissantes du monde de l'Internet (Google, Apple, Facebook et Amazon)

Carrefour, Auchan et compagnie, eux, vendent des livres dans leurs magasins au milieu des poireaux et des tomates !

— Les libraires n'ont qu'à vendre des bananes ! plaisante Augustin.

— Ben dis donc, toi, j'y pense, dit-elle, t'as qu'à acheter, à plusieurs kilomètres d'ici, une petite bouteille d'eau, et tu peux allonger ton parcours, propose Marina, mi-sérieuse mi-moqueuse.

— Et je coche la case « achat de première nécessité » au lieu de « activité physique », continue Augustin, trouvant l'idée astucieuse, pourquoi pas ?!

— C'est quoi un achat de première nécessité ? Il n'y a toujours pas de liste officielle ! demande soudain Marina, pensive.

— Ben, on n'a qu'à s'inspirer de la pyramide des besoins…

— Non ! On ne vit pas qu'avec des besoins de base comme la nourriture, la santé… Avec la pyramide de Maslow[28], puisque tu en parles, tu sais très bien que l'on a besoin aussi de sécurité, de la famille, d'amitié, de confiance, de reconnaissance, etc. Il ne faut pas empêcher les gens de vivre. Si tu fermes tous ces commerces, ce sont forcément ces besoins que tu négliges, en plus de casser une multitude d'entreprises !

— Je ne vois pas le rapport entre un magasin de vêtements et le besoin d'estime… demande Augustin.

---

28 Maslow (1908-1972) : Psychologue américain qui élabore, sous forme de pyramide, la théorie selon laquelle certains besoins sont plus importants et prioritaires que d'autres chez l'homme.

— Souvent, quand une personne achète une paire de chaussures, une robe, ou une chemise comme toi, ta chemise l'été dernier…

— La chemise jean ? intervient Augustin.

— Oui, eh bien, c'est un besoin de reconnaissance, ou pour être bien dans sa peau… c'est important.

— Je trouve que tu vas un peu loin dans ton raisonnement, là !

— Non, dans les EHPAD, on a négligé le besoin de relations, qui n'est pas un besoin soi-disant essentiel, et interdit les visites pour éviter la contagion. Conséquence : beaucoup de pensionnaires se sont laissé glisser.

— Glisser ?

— Mourir.

— Oui… j'en ai entendu parler…

— Et tu sais aussi qu'on peut difficilement soigner des gens qui n'ont pas le moral.

— Oui…

— Si tu es en prison, tu as à manger et à boire : c'est *essentiel*, donc tout va bien ! dit-elle, avec un sourire signifiant l'évidence.

— Vu comme ça… admet Augustin.

— À mon avis, il ne faut pas fermer tous les commerces… ils ont tous leur importance. Je suis sûre qu'ils n'ont fait aucune étude d'impact… et c'est quoi cette façon de hiérarchiser les commerces ou ton boulot ? Si tu ne fais pas un travail jugé *essentiel* tu es dénigré, voire sanctionné, parce que tu fais un travail superflu aux yeux des dirigeants. Tu es exclu du système et considéré comme personne futile !

— Non, on ne stigmatise pas un travail comme ça…

— On n'en est pas loin. Avant on méprisait les métiers comme éboueur, caissière, etc. maintenant on rabaisse les métiers soi-disant non-essentiels ! Avant la Révolution, il fallait être bien né, après, il fallait confortablement gagner sa vie pour être bien vu, aujourd'hui il faut faire un métier considéré comme utile !

— C'est parce que les spectacles, les restaurants, les bars, les voyages sont plus à risques…

— Les grandes surfaces aussi ! Ou bien on ouvre tout, en respectant les règles de distanciation, ou bien on fait un vrai confinement…

— En mettant l'économie du pays en l'air.

— Avoue qu'il y a quand même un manque de cohérence et de pédagogie. Franchement, tout cela donne une impression d'injustice…

— Vivement qu'ils trouvent un vaccin avant que tout le monde descende dans la rue ! finit par dire Augustin.

— Ce n'est pas demain qu'on l'aura ! s'exclame Marina. Avant que les laboratoires fassent des tests suffisants sur l'homme, on n'est pas sortis de l'auberge.

— Et moi, je ne me ferai sûrement pas vacciner dans les premiers, ajoute Augustin, je ne veux pas essuyer les plâtres pour me payer une maladie secondaire quelques années après…

— Je vois que tu as confiance dans les laboratoires, dit Marina railleuse.

— Ils se font la course et, à mon avis, ils brûlent des étapes.

Deux semaines après, Augustin apprend la publication des bons résultats préliminaires aux États-Unis de l'essai clinique du vaccin Pfizer. Il est dit que le vaccin sera accessible très probablement très tôt, avant les fêtes, ce qui ravit Augustin, mais le surprend également. Il avait lu auparavant que l'élaboration d'un vaccin s'échelonne habituellement sur une dizaine d'années, sinon plus. La réalisation la plus rapide jusqu'à aujourd'hui, celle contre Ebola, avait exigé cinq ans d'efforts intensifs. Et surtout Augustin avait noté que, entre chacune des étapes du développement d'un vaccin, on marquait une pause. Celle-ci permet aux scientifiques d'analyser graduellement et méticuleusement les résultats avant de passer à l'étape suivante.

Et là, en moins d'un an, on est prêt à vacciner tout un pays !

Le patron de ce laboratoire, le jour même de l'annonce, vend ses actions pour plus de cinq millions de dollars, ainsi que sa vice-présidente pour presque deux millions. Cela interpelle Augustin et renforce sa méfiance envers le vaccin du laboratoire.

# XXXV

## Songe

Marina visite le centre de Nice : le marché du cours Saleya, la vieille ville, la place Masséna. Elle remonte la promenade du Paillon tranquillement sur son vélo… c'est le début d'une journée calme, le temps est doux et une petite brise soulève un peu sa robe légère et lui effleure les jambes. Elle ne savait pas qu'il y avait tant de pistes cyclables et si peu de voitures. Il n'y a pas de gens aux alentours ou si peu… tout paraît fantastique. Soudain, Marina a un doute : pourquoi la ville était-elle si paisible ? Pourquoi y a-t-il si peu de monde ? « Ah oui… je suis dehors et en plein confinement… sans attestation ! Il faut immédiatement retourner à Vence et restituer la bicyclette à ma voisine, Madame Morin ! Comment éviter les gendarmes, et je suis très loin de chez moi, à plus d'un kilomètre de la maison ! » songe-t-elle, avec un début d'affolement.

Elle quitte la promenade du Paillon pour remonter l'avenue Jean Médecin et ainsi arriver à la gare pour prendre le train la menant à Vence. On ne devrait pas lui interdire de monter avec la bicyclette…

En passant devant Notre-Dame, elle entend plusieurs coups de feu et des cris. Elle s'engage aussitôt dans la première ruelle s'offrant à elle sur sa droite et pédale de toutes ses forces, elle a peur, elle n'ose pas se retourner et ne veut pas faiblir. Elle prolonge son effort comme elle peut pour ne pas être rejointe. Elle ne sait pas si les tueurs sont à pied ou en voiture, mais elle sent brusquement leur présence s'approcher inéluctablement…

— Ça va, Marina ? demande Augustin.

Il est à côté d'elle. Il s'est redressé à moitié sur le lit et lui met la main sur son épaule. Marina, lui tournant le dos en position de chien de fusil, arrête de gesticuler.

— Tu n'arrêtes pas de remuer et te retourner !

Elle réalise brusquement, et avec un grand soulagement qu'elle est chez elle, à Vence, avec son mari tout près.

— Hooooo ! j'ai fait un cauchemar… on me poursuivait… dit-elle, en transpiration. Je n'arrêtais pas de pédaler, et le vélo était lourd, j'avais l'impression de ralentir et il fallait de plus en plus d'efforts pour pédaler, c'était horrible…

Marina raconte son rêve.

— Tu m'as réveillée à temps, ils allaient me rattraper, dit-elle, pas encore complètement sortie de son fantasme.

— Ben dis donc, le virus et les attentats ce n'est pas bon pour le moral…

— Oui, on commence à avoir de sérieuses craintes avec ce pilonnage à la télévision et ça se répercute dans mon sommeil… Toi, ça va, bien sûr ? Tu n'as aucune appréhension ? demande-t-elle, avec une ironie teintée d'une pointe de jalousie.

– Eh bien, ça va : je sens que je peux reprendre le sport et à première vue, je n'ai pas de séquelles… mais j'avoue que, quand je vais faire les commissions, je suis un peu sur mes gardes ; je regarde à droite comme à gauche… et je n'arrête pas de me laver les mains.

# XXXVI

## Limite non autorisée

— À tout à l'heure ! crie-t-il à Marina.

Augustin claque la porte de l'entrée et va trottiner une petite heure. Il descend tranquillement l'escalier pour atteindre la rue et règle son cardiofréquencemètre. Malgré le Covid et son intervention cardiaque à l'hôpital, il ne veut pas arrêter le sport, mais fait quand même un peu attention. C'est pour cela qu'il a acheté à Décathlon, la semaine après son malaise, cet appareil qui permet de mesurer son rythme cardiaque. « À plus de soixante balais, il faut que je fasse gaffe ! ». Il sait qu'il ne faut pas dépasser la fréquence maximale : 220 battements du cœur par minute, moins son âge. Augustin a fait un rapide calcul et a déterminé sa limite à 160 battements. « On ne va pas chipoter pour 5 battements ! Et je préfère les chiffres ronds ». Cela lui permet également de savoir s'il force ou s'il travaille son endurance. Si son cœur bat environ en dessous de 140 battements pendant l'effort, il s'améliore physiquement, sinon, théoriquement, il se fatigue.

« Si je suis en zone rouge, donc au-dessus de 140, je travaille aussi ma résistance… mais je vais y aller mollo pour le moment » se dit-il, en enclenchant son GPS-podomètrechronomètrecardiofréquencemètre au poignet… qui fait également altimètre mais pas pluviomètre en cas de pluie, ni applaudimètre pour mesurer les encouragements sur son passage.

Il a deux papiers dans sa poche. La différence entre la première attestation et la deuxième est de vingt minutes. Ainsi, s'il a du mal à terminer son parcours, même en trottant, il peut le finir en marchant *tranquillou*. Il ne faut pas oublier que la permission est seulement d'une heure.

Il ne fait pas toujours la boucle de deux kilomètres à la ronde plusieurs fois. Cela commence à lui sortir par les yeux. Alors, il prend le risque de s'écarter des *chemins battus* et s'éloigne à plus d'un kilomètre du rayon de la maison.

C'est ce qu'il fait ce matin. Sur le sentier qu'il emprunte, le soleil derrière lui n'est pas brûlant et il apprécie sa tiédeur qui lui réchauffe la nuque et les épaules. Il aperçoit au loin la mer incolore, car le soleil, presque hivernal, est blanc. Le ciel, au contraire, est d'un bleu soutenu presque foncé, qui s'oppose au jaune des arbres perdant leurs feuilles. Il goûte ce moment où il ne fait ni froid ni trop chaud. Après avoir couraillé une demi-heure sur le petit chemin de terre, juste après un détour, il tombe nez à nez avec la police. Trop surpris, il ne peut plus faire demi-tour.

— Bonjour, Police municipale. Avez-vous votre attestation ? demande l'un des deux policiers… masqués.

— Euh… oui, dit Augustin sortant son premier papier qu'il déplie devant le représentant de l'ordre. Il se sent comme un enfant à qui on demande son carnet de notes.

— Vous avez une pièce d'identité ?

— Oui.

Il sort sa carte d'identité et la tend au policier. Il arrête son chronomètre. Il met son masque. Il pressent qu'il ne va pas repartir immédiatement.

— Vous habitez Vence… vous êtes à plus d'un kilomètre de chez vous. Je suis obligé de vous verbaliser.

— Il n'y a personne autour et je n'ai pas couru plus d'une heure. J'habite juste après le chemin de terre… répond aussitôt Augustin.

— Le chemin de terre est long de trois kilomètres et nous sommes ici à la fin du chemin… je dois vous sanctionner.

— Mais je ne suis pas dangereux, il n'y a personne sur le chemin…

— J'applique la loi, dit le policier, en écrivant le procès-verbal.

— Mais pas le bon sens…

— Pardon ? dit le policier brusquement, levant les yeux.

— Non, rien… répond Augustin ravalant sa salive.

Le policier reste calme, comme Augustin tente de le faire, et lui donne finalement l'amende de 135 euros.

Chargé de rancœur, il retourne sur ses pas en trottinant lentement. Il a joué, il a perdu. Il a pris un risque… il n'a pas à se lamenter. « Mais quand même ! Ils pourraient augmenter le rayon d'action, merde ! » marmonne-t-il entre ses dents. « Ils se protègent derrière la loi sans se poser de questions, ils laissent leur bon sens au vestiaire dès qu'ils enfilent leurs uniformes ! » rumine encore Augustin.

Il se remémore les commentaires d'un article provenant du journal *Die Welt*. Le journal allemand surnommait la France « Absurdistan », en voyant les Français remplir une attestation pour aller chercher leurs enfants à l'école et découvrant la grande distribution française qui était obligée de retirer ses produits dits « non essentiels » de ses rayons. Tout cela imposé, d'après le quotidien, de façon quasi monarchique. Hier également, Augustin a entendu une publicité du magasin Monoprix qui ridiculisait le gouvernement en promulguant qu'*une commission venant de conclure que l'eau, ça mouille, nous avons à nouveau le droit de vendre des parapluies*.

Tout en trottinant sur le chemin du retour, il passe en revue tout ce qui lui paraît incohérent au premier abord : on peut aller acheter de l'alcool, mais pas des livres, on peut aller chasser loin dans la forêt, mais pas s'y promener, il va dans les grandes surfaces peuplées, mais pas dans les petits magasins déserts, les cantines sont ouvertes, mais pas les restaurants, les transports en commun sont bondés, mais il ne faut pas être plus de six chez soi, certains travaillent des heures à plusieurs dans un bureau et lui, il n'a pas le droit de dépasser une heure à l'air libre pendant son jogging.

« C'est vrai, on est vraiment en Absurdistan ! » marmonne-t-il encore une fois. « Si j'attaque une banque, on me foutra la paix si je suis à moins d'un kilomètre de chez moi et masqué ! » continue-t-il à se dire, de mauvaise foi. Bref, il rentre chez lui de mauvaise humeur.

— Tu as mis du temps cette fois-ci, lui dit Marina, le voyant réintégrer le *domicile au-delà de la limite autorisée,* tu aurais pu te faire choper…

— C'est fait !

Augustin raconte sa mésaventure. Marina lui explique qu'il fallait s'y attendre : les gens se laissent de plus en plus aller et respectent de moins en moins les règles.

— Ils craquent et les autorités ont comme directive de sanctionner… je ne dis pas qu'ils ont raison, mais c'est pour éviter ce qui se passe en Argentine…

Marina explique qu'en Argentine il y a un relâchement de plus en plus incontrôlable de la population. Voyant les cas augmenter malgré le confinement, les Argentins ont de moins en moins confiance en leur gouvernement. Beaucoup ont perdu leur moyen de subsistance et le nombre des décès ne cesse de croître, en dépit de la quarantaine depuis le mois de mars. La population devient ingouvernable. La majorité des gens respectent de moins en moins les règles.

La France n'en est pas là… mais depuis que la télévision publique a annoncé sans sourciller, il y a quelques années, que le nuage radioactif de Tchernobyl s'était arrêté pile à la frontière, les Français sont devenus un peu suspicieux.

Ils sont devenus encore plus circonspects avec l'histoire du sang contaminé. Le sida avait contaminé des milliers de personnes à travers les transfusions sanguines. Les médecins et les politiciens n'avaient pris sciemment aucune mesure, sinon très tardivement. Il y a eu un procès, mais ceux qui avaient été contaminés, et encore vivants à l'époque, ont accusé la justice d'avoir été excessivement clémente !

– Je ne pense pas que les médecins et les politiciens font exprès de prendre de mauvaises mesures… dit Marina, pour reprendre les règles concernant le confinement.

– Ils ont menti pour les masques… les gens alors ne se sentent pas obligés, quelque part, de suivre les règles à la lettre.

– C'est exactement ce qu'ils veulent éviter, car apparemment, il y en a qui ne respectent pas les consignes… n'est-ce pas, mon cher Augustin ?

# XXXVII

## Pseudodéconfinement

« On coupe la bûche de Noël en deux, Papy et Mamie mangent dans la cuisine et nous dans la salle à manger », préconise à la télévision le directeur général du ministère de la Santé.

« Cela sous-entend bien sûr que le virus ne sera pas vaincu à Noël ! pense Marina, amère. Loin de moi cette utopie. Les vieux resteront dans les maisons de retraite et n'en bougeront pas et c'est déjà bien que la famille puisse leur rendre visite ! Et ceux à l'extérieur qui sont encore valides devront se cantonner dans la cuisine, si je comprends bien le discours du thérapeute. »

– C'est pour éviter de te culpabiliser si tu contamines ta grand-mère et si elle meurt quelques jours après ! dit Augustin, plaisantant à moitié quand Marina lui rapporte la déclaration du médecin.

Il trouve l'image, qui se dégage de ce propos, digne d'un dessin humoristique. Celui-ci pourrait montrer d'un côté toute la famille, chantant et se distribuant les cadeaux dans une salle à manger ornée d'un sapin illuminé avec les mirlitons, les bouteilles de vin et le champagne, et de l'autre les grands-parents, bivouaquant dans la cuisine, qui mangent tristement leur bout de bûche au milieu des restes du réveillon et de la vaisselle.

Marina est quand même ennuyée, car, contrairement à la France où les gens auront le droit de circuler pour les fêtes, elle ne sait pas, pour Savigliano, si les zones italiennes seront encore en alerte rouge et si le droit de circuler sera restreint du côté transalpin.

– Même si ma mère doit manger seule dans la cuisine je veux aller la voir ! dit-elle ironiquement. J'espère que les conditions de circulation seront allégées d'ici là.

– Sûrement, répond Augustin. Par contre pour le ski à Vars c'est moins sûr, car j'ai réservé le 12 décembre et ce n'est pas gagné.

En effet, deux jours après, le Premier ministre annonce dans son allocution que les stations de ski seront ouvertes, mais que les remontées mécaniques, elles, par contre, seront fermées. « Comme ça on profitera quand même du bon air de nos montagnes », a-t-il ajouté. Augustin est sidéré. « Comment peut-il dire ça sérieusement, se dit-il, c'est comme l'ouverture d'une station balnéaire avec interdiction de se baigner ou de naviguer, ou une piscine sans eau, ou encore le cinéma sans le film ! Je n'y crois pas ! Il est donc interdit de skier ou de surfer, même si les restaurants, les bars et les discothèques sont fermés ! On ne va pas se contaminer sur les pistes ou sur les télésièges : c'est impossible ! Par contre les remontées mécaniques du métro de Paris-La-Défense, elles, elles fonctionnent ! » se dit-il, saumâtre.

Augustin rumine et comprend qu'il doit annuler sa semaine à Vars prévue depuis l'année dernière avec Laurent, Jean-Yves et Lucile, ainsi que le Nouvel An prévu à la station d'hiver d'Allos, avec Marina et ses quatre amis. Tout tombe à l'eau.

Heureusement pour lui, il sera remboursé et il n'est pas endetté comme beaucoup ont dû l'être depuis le début de la pandémie. Sa retraite est garantie par l'État, et Marina, professeur, est payée par l'État italien. Il est donc seulement frustré.

Il est amer aussi en pensant à la confiscation de sa cassette contenant 65 000 euros, dont il ne trouvera peut-être jamais l'auteur, mais il n'a pas l'angoisse des petits entrepreneurs et des restaurateurs qui n'arrivent pas à dormir la nuit.

Peu de jours après, Augustin apprend que la première patiente à recevoir le vaccin contre le Covid en Europe est anglaise. La Grande-Bretagne a donc mis en circulation le vaccin américano-allemand avant les États-Unis et l'Europe (dont elle ne fera vraiment plus partie l'année prochaine, après une longue période de transition, alimentée de rudes négociations).

Déjà, depuis fin juin, les militaires chinois se font administrer leur propre vaccin. Les Russes, eux, ont commencé à distribuer le leur, le vaccin Spoutnik V, depuis le 5 décembre. Malheureusement, le vaccin franco-britannique ne sera prêt… que pour la fin de l'année prochaine. Mais l'agence européenne du médicament a donné son feu vert mi-décembre pour le vaccin américano-allemand et ainsi la vaccination débutera en France comme dans les 27 pays de l'union cette fin décembre. « Espérons qu'ils s'organisent mieux avec les vaccins qu'avec les masques et les tests ! » plaisante Augustin, quand Marina lui apprend la nouvelle.

« Je me sens si privilégiée d'être la première personne à être vaccinée contre le Covid-19, c'est le meilleur cadeau que j'aurais pu espérer », avait déclaré la patiente de 90 ans de l'hôpital de Coventry, dans le centre de l'Angleterre. « Cela signifie que je peux enfin envisager de passer du temps avec ma famille dans la nouvelle année après avoir été si seule ! » a-t-elle ajouté.

Les Français, eux, sont un peu moins enthousiastes, voire méfiants. C'est le pays le plus craintif en Europe quant aux retombées secondaires éventuelles du vaccin. Plus de la moitié de la population est réticente. La plupart mettent en balance la gravité de la maladie et le risque lié au vaccin, qui a été développé très rapidement. Chez les plus jeunes et les moins vulnérables, le bénéfice n'éclate pas aux yeux. Si la majorité d'entre eux sautent le pas, ce sera pour « faire comme tout le monde », pour protéger leurs proches et ne plus subir cette accumulation de contraintes qui s'amoncelle depuis des mois.

Noël sera un jour de fête spécial, car les familles ne se regrouperont pas totalement pour ne pas se contaminer… et il est interdit d'être plus de six à table. Mais les vaccins sont arrivés et, malgré la réserve de beaucoup de personnes, les espoirs renaissent pour la nouvelle année.

Augustin et Marina attendent une année prochaine plus clémente. Marina aimerait refaire ses cours normalement, sans devoir mettre un masque pour les dispenser, et Augustin espère ne plus connaître l'hôpital et recommencer ses tournées de chant dans les maisons de retraite avec le même plaisir qu'avant le Covid.

# XXVIII

# Épilogue

*Montréal, le 25 décembre 2020*

C'est la première fois depuis dix ans que Kaitlyn et ses deux fils, Pierre et Louis, restent à Montréal pour les fêtes sans voir les grands-parents à Calgary : Covid oblige.

– Mes parents sont vraiment déçus que l'on n'ait pas pu fêter Noël chez eux, dit Kaitlyn, mais ils comprennent…

– On ira plus tard, mais là on ne pouvait pas y aller… et on évite de contaminer Grandpa et Granny, répond Louis.

– Encore un peu de farce ou de dinde ? s'adresse Kaitlyn aux enfants, qui ont aujourd'hui déjà 17 ans pour Louis et 20 pour Pierre.

Louis et Pierre avancent leurs assiettes.

Louis, cette année avec les cours virtuels et en présentiel, est devenu très sérieux dans ses études, car c'est l'année du bac. Pierre, un peu taciturne, contrairement à son frère exubérant, en deuxième année d'école hôtelière à Nice, est resté toujours une personne assidue dans ses cours et ses devoirs.

– Tu aurais pu aller voir plus souvent papy Augustin et Marina cette année, lui reproche sa mère, surtout qu'il a attrapé le Covid.

– Je ne pouvais pas, j'avais des examens… et toi, tu n'es pas venue à Vence les voir cet été… réplique Pierre à sa mère.

– Ce n'est pas la même chose, nous ne voulions pas être bloqués en quarantaine ! Tu le sais très bien ! rétorque sa mère.

– Et on risque de ne pas y aller non plus l'année prochaine ! renchérit Louis.

– Toi, Pierre, tu es à côté, à Nice, dans ton établissement… tu aurais pu faire un effort, insiste Kaitlyn.

– Pierre n'a pas de voiture pour y aller, ce n'est pas facile pour lui, intervient Louis.

– Tu aurais pu le contacter plus souvent. Mais c'est vrai… tu as été le voir à l'hôpital, c'est bien ! Heureusement, il s'en est sorti ! conclut Kaitlyn.

Le repas fini et après les échanges de cadeaux, tous les trois se mettent devant l'écran de la télévision connecté à l'ordinateur. Quelques secondes s'écoulent et les visages des parents de Kaitlyn apparaissent.

– Hello there ! How are you today[29] ? demande Kaitlyn à ses parents.

La conversation continue dans la gaieté. Chacun montre ses cadeaux à tour de rôle. Le grand-père, avec un large sourire, transporte son ordinateur devant la fenêtre et fait découvrir

29 Hello là-bas ! Comment allez-vous aujourd'hui ?

une superbe Jeep Cherokee neuve blanc-crème, dernier modèle de l'année, garée devant la fenêtre de la maison.

– Wouahhh ! Super car[30] ! s'exclame Louis.

– Beautiful, isn't[31] ? répond le grand-père satisfait.

– C'est exactement le nouveau modèle qu'a Papy Augustin ! dit Pierre spontanément.

– Comment tu sais que Papy a le modèle de cette année ? demande soudain Louis à son frère.

– Euh… je l'ai vu passer à Nice cet été… je l'ai reconnu, il conduisait cette Jeep Cherokee…

Après que sa mère se soit couchée, tard dans la soirée, Louis rentre dans la chambre de Pierre.

– Hé, t'as été voir le Papy chez lui ? demande tout de go Louis.

– Non, pas du tout.

– Arrête, ne me prends pas pour un con ! T'as été le voir pour lui demander du fric ? insiste Louis souriant.

– Non, je te jure…

– Alors, comment tu sais qu'il a cette Jeep… et tu ne l'as pas vu à Nice, c'est pas vrai ! Je te crois pas, t'as été chez lui, j'en suis sûr !

– Non ! Et arrête de me faire chier ! répond soudain Pierre.

– Allez, qu'est-ce que tu veux que ça me foute ! Mais j'aimerais bien savoir… dit Louis, le sourire en coin.

Pierre regarde son frère et se décide.

---

30 Super voiture !

31 Elle est magnifique, n'est-ce pas ?

— Oui… et non, admet-il.

— Oh toi, t'as fait une connerie ! dit Louis en rigolant.

Pierre ne répond pas et se renferme sur lui-même. Au bout de longues secondes Pierre regarde son frère et lui demande de jurer de garder un secret.

Louis et son frère se sont partagé déjà plusieurs petits secrets, sur les filles bien sûr, mais en particulier sur l'histoire du Kiki : Papy et Mamie avaient un petit chien qui, un jour, n'arrêtait pas de courir après la balle que se passaient, aux pieds, Pierre et Louis en vacances à Vence. Pierre se fit mordiller le mollet par le Kiki qui en avait marre de ne jamais pouvoir attraper la baballe. Fou de rage, Pierre attrapa le caniche et shoota dans celui-ci comme au rugby pour marquer un essai entre les poteaux. Cela se *transforma* par une mort subite du canidé. Les deux gamins racontèrent aux parents que le pauvre Kiki était tombé de la restanque de derrière la maison.

Ils se font donc confiance depuis leur petite enfance. En arrivant au Canada et à l'école française de Montréal, ils se sont encore rapprochés et soutenus pour affronter ce nouvel environnement inconnu pour eux.

— T'as été le voir ou non ? demande Louis intrigué.

— Tu sais que Maman avait de gros problèmes d'argent et dans sa boîte ce n'était pas le pied ! Ils allaient faire faillite. Avant, quand Maman cherchait du boulot, elle pensait même vendre la maison pour payer la banque et aller s'exiler à Calgary pour trouver un nouveau job, dit Pierre, sans répondre à son frère, pendant que le Papy, lui, se paye la Côte d'Azur avec tout son fric… et ce n'est pas sûr que je puisse continuer mon stage à Nice…

– C'est sûr que ton stage à Nice, au soleil, ce serait dommage ! plaisante Louis. Mais tu sais que ça va un peu mieux pour Maman maintenant. Dans sa boîte, ils ont mis une dizaine de personnes à la porte et elle est passée adjointe au chef ! Du coup sa banque lui a prolongé son crédit…

– Oui, oui, j'ai appris ça hier quand elle est venue me chercher à l'aéroport…

– Alors ! Tu as demandé de l'argent à Papy et vous vous êtes engueulés ? interroge Louis, en revenant sur le sujet.

– Ben non, mais j'ai été chez lui et pour l'emmerder j'ai mis dans sa boîte aux lettres la pub de mon école hôtelière en papier glacé qu'avait un des élèves, Willem, qui est parti parce qu'il avait attrapé le Covid.

– Oh, putain ! C'est pour ça qu'il se l'est chopé !

– Oui, je pense, c'est très possible… j'ai eu peur après que Marina soit contaminée aussi, je n'avais pas réfléchi, heureusement non… mais, lui, oui ! Bien fait pour sa gueule ! s'exclame Pierre avec satisfaction.

– Tu ne l'aimes pas Papy, hein ? C'est depuis qu'il s'est moqué de toi quand il t'a surpris chez Mamie en train de lire un livre de cul…

– Ce n'était pas un livre de cul ! C'était un livre à lui d'abord, venant de sa bibliothèque, et c'était un livre qui expliquait comment bien faire l'amour…

— Ouh, tu parles… en tous les cas toute la famille a bien ri à table… moi, je n'avais pas très bien compris, j'étais trop petit, mais je t'ai vu chialer !

— Il m'a humilié !

— C'est pour ça que t'as voulu l'intoxiquer avec ta brochure…

— Oui…

Un silence s'installe. Louis observe son frère et demande encore :

— Tu ne dis pas tout… t'as encore déconné ?

— J'ai recommencé… au mois d'août…

— Non !

— Si ! Tu sais qu'il cache la clef de son garage sur la margelle du fenestron en hauteur…

— Oui, oui… tu te souviens, tu me faisais la courte échelle pour la prendre et piquer ses balles de tennis du panier du temps de Mamie ? demande Louis, se remémorant sa petite enfance.

— La clef était sur la margelle… et le panier est toujours là… et j'ai vu qu'il y avait des petites bouteilles d'eau minérale qu'il boit après avoir couru ou qu'il emmène pour marcher ou encore quand il fait du vélo… alors, pour le faire chier, j'y suis allé avec une seringue pour injecter dans une bouteille une super dose de bêtabloquants achetée sur Internet. Ça ralentit un max le cœur !

— Oui, je sais, c'est ce que prend Maman pour son cœur… mais t'es fou ! Tu te rends compte de ce que t'as fait ?

— Il a dû se demander ce qui lui arrivait ! dit Pierre en rigolant.

— Ça aurait pu être grave !

— T'inquiète, il s'en est sorti ! J'ai même appris par Maman qu'ils lui ont trouvé à l'avance une artère qui allait se boucher. Du coup ils lui ont mis un Stent bien à temps.

— Finalement tu l'as sauvé !

— Si tu veux…

Pierre reste silencieux. Louis ne dit rien non plus : il digère les propos de son frère. Était-ce seulement pour l'« emmerder » que Pierre a injecté des bêtabloquants ? Il n'aime pas le Papy, ça c'est certain… mais de là à lui inoculer, à son insu, un médicament dangereux en quantité… et aussi le Covid !

Tout à coup Louis, comme en un éclair, comprend les démarches terribles de son frère : « Depuis la mort de Papa, Pierre et moi, on hérite de Papy directement… et sûrement d'un maximum s'il disparaît ! » se dit-il, consterné et effrayé par sa découverte.

— Tu sais qu'il ne voulait pas donner d'argent à Maman quand elle cherchait un nouveau boulot ? reprend Pierre

— Oui, je sais… il a expliqué à Maman qu'il ne pouvait pas tout débloquer, tout de suite, tous ses fonds, comme ça, qu'il fallait du temps, que c'était compliqué… commence à développer Louis.

— Tu parles ! coupe Pierre. C'est Grandpa qui lui a prêté de l'argent. De toute façon, cet enfoiré n'aidera jamais Maman !

— Ouh… tu crois ? Tu ne l'aimes vraiment pas.

— Au début, quand j'ai appris ça, la première fois, j'ai voulu lui casser la gueule, reprend Pierre.

— T'es allé le voir alors ? demande Louis.

— Oui, j'ai attendu à côté de son garage pour lui dire ce que je pensais des abrutis comme lui.

— Attends, j'ai une question : comment t'y allais à Vence ?

— C'est Mathieu, avec qui je fais le stage, qui me prête sa bagnole. Je lui dis que je vais voir mon grand-père…

— Ce qui est vrai ! ironise Louis.

— Oui, bon… alors, quand il est arrivé en début de soirée, il a garé sa Jeep le long du mur et ouvert son coffre. J'attendais en face dans la voiture de Mathieu. Il ne m'a pas vu et j'ai patienté en l'observant. Il a pris la clef sur la margelle et ouvert son garage. Il a pris un carton de la voiture pour le ranger sur une étagère. Je suis alors sorti de la bagnole pour aller gueuler. Il me tournait le dos, j'étais encore loin, puis il s'est déplacé à ce moment-là vers le fond de son garage, il a remué des récipients et des bidons. J'ai vu alors qu'il ouvrait une petite boîte métallique pleine de fric. Il y avait des raquettes de tennis sur l'étagère à côté de moi. J'en ai pris une. Trop occupé pour m'entendre, j'ai pu m'avancer et je lui ai foutu un super coup sur la tête avec le tranchant pour le neutraliser. Il s'est écroulé tout de suite, en emportant la moitié des bidons avec lui !

— Wouhaaa… mais tu es un vrai malade ! s'exclame Louis.

Pierre se lève, se dirige vers son armoire, sort une petite boîte d'un des tiroirs. Il se rassied sur son lit à côté de son frère. Il ouvre la cassette en fer blanc et y saisit une liasse de billets.

— Tiens, c'est pour toi. C'est dix mille euros. Joyeux Noël ! s'exclame Pierre, avec un léger sourire. Désolé, mais je ne t'ai pas fait un paquet cadeau.

— La vache ! dit Louis, stupéfié.

— Il avait du fric cet enfoiré et il le cachait dans son garage ! J'ai pensé à Maman, mais je ne voulais pas qu'elle me pose de questions…

— Évidemment ! dit Louis, reprenant ses esprits.

— Et puis ça va mieux pour elle maintenant…

Pierre se tait et fixe le sol. Puis, se tournant brusquement vers son frère, il lui demande, en le regardant bien dans les yeux :

— Apparemment tu acceptes mon cadeau ?

— Oui, bien sûr !... Mais t'as été un peu trop loin quand même…

— À Nice, j'ai aussi des masques en tissu que j'ai récupérés, mais je crois que tu t'en fous ?

— Un peu, oui…

— Bon, tu es en quelque sorte complice maintenant… tu le sais ?

Louis ne s'attendait pas à cette implication. Surpris, il ne répond pas. Il évalue comme il peut la situation, nouvelle pour lui.

À nouveau le silence s'installe.

« Le frangin a été voir le Papy, mais pas seulement pour râler… et malgré l'argent de la boîte en fer blanc, même avec ce fric qu'il a lui a piqué, il a continué à *l'emmerder* comme il le dit, ensuite avec le Covid et après les bêtabloquants… se remémore Louis, et il n'a pas hésité à me donner dix mille euros… parce qu'on est frères, mais surtout pour me compromettre… pour que je la ferme ! approfondit-il. Bon, Papy est toujours vivant… mais Pierre espère plus, c'est évident… et il ne va peut-être pas s'arrêter là avec Papy, et avec… »

– Tu ne diras rien ? demande brusquement Pierre soucieux, brisant le silence et la réflexion de son frère.

– Non, non… ne t'inquiète pas, frangin… répond Louis, cachant son début d'appréhension.

**FIN**

Achevé d'imprimer en France par

Centre
Littéraire
d'Impression
Provençal

imprimerie-clip.com

Imprimé sur papier Clairefontaine fabriqué dans les Vosges.

Printed in France by Amazon
Brétigny-sur-Orge, FR

11191510R00176